愛的小壁虎

全新插畫經典復刻版

鄭栗兒——著
蔡豫寧——繪

好讀出版

愛的生命練習

如果你是一個擅於建立目標，而朝目標前進的人，那麼我告訴你，你必定會錯過愛。因為愛是一個過程，而不是一個終點，也不是一個目的。

很年輕時，我不懂，我也把「尋找真愛」視為我人生的目標之一，我也陷入和任何人一樣的錯誤，不僅把目標理想化，同時對目標有一個既定的設定。

當然，到後來我失敗了很多次，然後我才明白，除非我自己有愛，否則我是不能拿別人的愛來填滿我的欠缺感。而且我們往往以為伴侶之間的情愛可以彌補一切的愛，比如親情、友情……，於是很多人談戀愛找對象，變成是在找一個爸爸或媽媽，同時只允許擁有彼此而已，無法容納其他。

但伴侶之間的愛情，如果要一直小心翼翼防範、擔心背叛或證明、取悅，就像是隨手捧著一只精緻的水晶杯，要繃緊所有神經，擔心一不小心就摔裂毀壞，那麼任誰都很難堅持一輩子的，除非你具有靜心品質，保持覺知和專注，你如果在此成功的話，這份愛情必定協助你成道。可是我們絕大部分人是缺乏耐心又嚮往自由的，加上人性的自私自我、喜新厭舊，所以在愛情的道途上，總是讓我們一再粉碎王子與公主幸福生活的幻想。

特別是許多女性，總盼望尋找到一位溫柔真摯又心靈相通，且能持之以恆、永保如新，還能互相欣賞、三觀（價值觀、人生觀、世界觀）契合的避風港——我們經常被這完美的理想條件給限制了，以致尋尋覓覓終不可得，最後成為裹足不前、缺乏行動力的渴愛者。如果自己不能完整的話，那麼不管你遇上再好的對象，也是無法圓滿你內在失落的那一塊。

愛不包含犧牲，卻是一種不求回報的無私付出；犧牲總有一種虧欠感，甚至會產生抱怨；但愛的本質是圓滿的，所以如果帶有愧疚的虧欠感，這份愛就已經失真，就不是無條件的愛，而是有條件的愛。

在地球的人生旅程中，無條件的愛是非常重要的生命學習，在這一生中，我們也許追求世俗的成功與肯定，或者實踐內在的夢想，創造自己認為的生命意義，又或者安穩小確幸的太平日子也讓人深感幸福，但不管什麼，都是為了圓滿內在的愛，而且是無條件的愛，既愛自己，也愛別人。

在小壁虎三書中，我也以愛的主旋律做為三部曲的終局，初版的日期為二千年的十一月，也是小壁虎再次冬眠甦醒後的尋愛之旅，他的許多朋友一起協助他找到他的愛人，連百年老龜都專程為他跑來指點迷津，說了一段神祕謎語：「放下所有的指示，像是路標或是別人所說的。」

隔了漫長時光，重讀過去自己的作品，好像不是我所寫，有種陌生又熟悉的奇妙感受，過去的我指引著現在的我，照理說是過去的自己影響未來的自己，可是這一刻卻感覺到時間的顛倒，現在的自己影響過去的自己。並不是說愈活愈回去，而是體會到一種多重存在的奧妙，特別我自己現在是一位靈氣導師，深入能量療癒的奧秘中，我可以更明白當年所書寫的種種奧義，而那時候怎會寫出這些宇宙之書呢？自己也覺得不可思議。

比如上述的這句，是一個很重要的成道關鍵，一開始有一條道路給你走，但到了最後是沒有路的，你甚至看不見路，沒有指標，連神諭都消失，天使和菩薩都躲到一旁，你也不能聽從某位大師或古魯的所言：該往哪裡，該怎麼做；**你只能讓你的心（不是頭腦）來帶領你**。

如今再看這本書，其實講的不是追求愛情而已，而是通往內在無條件的愛（我通常稱之為「宇宙的光與愛」）的過程，這就是蘇菲的神祕之道。我在時報出版擔任文學主編時，曾推出暢銷一時的《牧羊少年奇幻之旅》，談一個牧羊男孩尋找寶藏的夢想。這個故事的原型其實來自著名的哈希德故事。

有一個人做了一個夢，夢見在首府橋梁旁有一個寶庫，這位貧窮的拉比對這個夢一笑置之，夢只是一個夢而已，但這個夢連續做了三天後，他儘管充滿疑惑，卻還是跋涉了一千英里路程去到首府，果然和夢中一模一樣的橋梁出現眼前，可是警察不讓他過去，因為最近太多人在這裡自殺了。他不得已只好告訴警察這個夢的召喚，警察聽後大笑：「那我也跟你說，我一直做一個夢，夢見一千英里外的某個小鎮有個名叫什麼的拉比，他床底下有一個寶藏，但我不會去理會這個夢，因為夢就是夢，你回家吧！」這位拉比一聽趕緊衝回家，在自己床底下挖出了寶藏，警察說的拉比就是他。

這很像《青鳥》的故事，亦如禪宗公案中經常說的：所有珍寶都在你的內心呀！你都擁有這無盡的寶藏呀！只要進入你的內在，而不是外求。

但總是這樣，我們離開家，就是為了回到家。愛並不容易，因為愛就是一場修鍊術。最後我以《愛的小壁虎》其中一句做為結語：我要快樂地活，我要讓那一天充滿愛，即使我不能在那一天找到我的所愛，……我也要攜帶著愛她的品質，去愛那一天的所有。

——愛來自栗兒，二〇一九年八月六日

再度從冬眠甦醒，
小壁虎要去尋找愛人，
與她共創真正的永恆之愛，
那是生命的終極境界與高潮時光。

1

漫長的冬眠時光進行著，溫度常常降到很低，凍壞一隻急飛的鳥。

在風吹的野地，歐洲蕨與筆筒樹密密叢生的所在，一處洞穴內，一隻沉睡的小壁虎蜷縮著。

靜靜地呼吸。

有時，夢會闖進來。

那是一場稍縱即逝的甜蜜之夢。

所有的樹搖動著，所有的風都在吹，所有的星星都睜開眼睛，在迷失所有的路之後，連一朵只有五片瓣的花都哭泣了，小壁虎終於在一隻狗的帶領下，與他失去的愛人在廢墟重逢。

他的愛人——有一雙愛眨的眼睛，亮而清澈，充滿柔情。

一個柔情的印象，令人感到幸福。

他微笑著，沉入一次又一次的幸福之中。最後，他醒來，發現自己正躺在一個舒適的洞穴裡。

風，把夢吹走。

又是一個春天降臨。

他閉上眼睛，回顧一次愛人迷人的容顏。

五秒鐘、十秒鐘、十五秒鐘……

心底略略疑惑著那一隻狗是什麼動物？之前，他從未見過任何一隻狗，他記住他的樣子，以後再見的話，他就認得了。

然後睜開眼，敞開胸懷，迎接這一個繁花春天。

他的生命充滿春天的品質，一種適意的寧靜和覺知，洋溢著盎然生趣，即使他的愛人暫時如夢遠颺，她仍存在他的心。

他的心，完整而圓熟，擁有宇宙最深的祝福，於是他可以全然地活在當下，享受此時此刻。

那是上一個四季的收穫，不知這新的一年裡，他又將遭遇什麼？無論如何，所有的際遇都是美的，都是一首詩和一份生命的盛禮。

他笑了笑，一躍而起，抬頭看了看久違的天空。

沒有雲。

雲，不知去哪裡？天空顯得遼遠而清朗，跟去年的顏色略有差異。就算一千萬個日子過去，每一天的天空都無法與昨日重複，而你只能經驗並珍惜這僅有一次的天空姿色。

當然，每一天也都是一個新生命的開始。

小壁虎思緒一閃，記起來，他還有一個同伴。於是他跑到筆筒樹上上下下來回十幾趟，意外地卻尋不著同伴的蹤影。

那隻愛隱藏的變色龍究竟躲在哪個角落？難道他早就離開，或者──沒能度過這個寒冷的冬季？

小壁虎喊叫起來：「小龍！小龍！你在哪？」

筆筒樹葉晃動了一下，啪噠一聲，掉下一隻綠色的動物，正落在小壁虎的面前。不是誰，正是變色龍！

「嚇我一跳！」小壁虎真被他嚇一跳。

「也嚇我一跳！我還在睡呢！就被你的叫聲嚇醒，還以為發生什麼事！」變色龍也被嚇一跳。

「我上去筆筒樹沒找到你，以為你怎麼了。」看見變色龍現身，小壁虎鬆了一口氣。

「你忘記我是一隻變──色──龍──，我躲起來，誰會找得到呢！」變色龍還一副得意洋洋的樣子。

「當然，誰會忘記你是變色龍，你總是一再提醒別人：『記住，我是一隻變色龍，變色龍是全世界最會變色的龍。』」

小壁虎幽他一默，變色龍身體顏色變成淡淡的橙紅。他感到不好意思，「唉呀！我就是這樣一個自我的傢伙！」

小壁虎拍拍他的肩，「不管怎樣，春天來了！我們都該從冬眠的尾聲甦醒，投入春天的懷裡。」

變色龍這才仔細端詳周遭——野地重新蔥翠起來，新鮮的嫩綠印染在原有的墨綠上，交織成錦。所有的野花一起開放繽紛的各式顏色，春天才開始，一切亮著光。

變色龍突然嘆息，「太美了，這個春天甚至比上一個春天還更美，但我不知道該怎樣度過它，你知道，有時候好日子過起來比壞日子還更令人膽戰心驚，也許突然間它就變調了，或者意外的打擊像雷一樣打下來，把一切的美都粉碎了！你越沉醉，你就越失落。」

變色龍沮喪得癱軟在地，身體顏色變得好灰暗。

小壁虎柔軟的心聆聽著，忍不住笑道，「你真是一隻喜歡自尋煩惱的變色龍，你在擔心什麼呢？」

自尋煩惱，或許是人性裡最常犯的習性。

小壁虎續道，「在風和日麗裡，你嘆息美好短暫；在狂風暴雨裡，你抱怨事與願違。所有的苦難都是你自己創造的，你擁抱這些苦難，甘之如飴，只要你存在的一天，醒著或睡著，那些讓你受罪的苦難總是像一個標籤一樣貼在你身上，你被它折磨得疼痛不堪，然後痛的沉重感使你誤以為這就是生命的意義，整個春天、夏天、秋天以及冬天，都被痛充滿。你為什麼不試著換一種感激的生命態度呢？」

「感激？」變色龍站了起來。

「當我乍然從冬眠夢境中甦醒時，發現這一片春色無邊的原野，我的心一時間充盈著對這一切存在的感謝，我再次得到了祝福，那一種寧謐的歡愉能量從一顆露珠，一朵微啟的紫色小花，一片新生的嫩葉傳動到我身上，我又活過來了。同樣的，我想，就算一個壞日子，也必然有它的祝福，我們也應該同樣心存感激。你的感激就是一項虔誠的祈禱。」

「你總是能說一大堆像山一樣高的道理出來，好吧！我會試著感激看看，萬一不行，我總是來得及抱怨的。但現在，我們去捕蟲吧！我餓翻了，你的長篇大論可不能拯救我飢餓的腸胃。」

變色龍的心情似乎又好了，他總是這樣的，身體顏色快速地變來變去——高興是粉紅色，生氣是深紅色，沮喪是灰色……，他以為很會掩藏自己，卻不曉得自己已經變成一具霓虹燈了！

他們的腳步踏入野地，足履踩在草叢，草葉摩娑著，一種特別的行進感受。

那是南國薊、馬齒莧織造的綠毯，整片綠延伸開來，花朵在上面跳舞，他們也在跳舞。

這就是春天的祝福。

他們吃飽了，開始丈量野地的邊際界線，看與去年的變化差異多少。

他們奔跑著，看著麻雀的飛起，蚱蜢的跳躍，太陽像一顆橙子轉眼要西落。他們不急著走，在等待星星與月亮出來。

天空還是沒有雲。

但朝海的方向看去，似乎有一個極微小的黑影在空中盤旋，那是鷹嗎？

小壁虎睜大眼睛，捕捉著黑影起伏的軌跡，心底雀躍著。

「啊！我親愛的鷹，你從南方回來了嗎？我好想念你呵！」

黑影消失在第一顆星星出現的時候，小壁虎並不失望，他告訴自己：重逢的日子來了！屆時，鷹就要載著自己去看那個夢中情人了！

是的！他並不急，只管和變色龍躺臥在浩瀚無垠的星空之下。

星星們一起在發光，每一刻都有星星誕生，也有星星死亡，但星星始終在發光，它們未曾擁有什麼，也沒有失去什麼，它們只是在各個季節的位置上閃亮著，唱著歌。

然後，他們睡著了。

在睡著的時候，雲出現了！

星星們都躲在雲之後，雲的現身帶著一種神祕的啟示，但是它沒有刻意讓小壁虎

發現，因為對小壁虎而言，生命已不是一場演出或預告，生命即是存在。

雲不必再透露什麼！現在的小壁虎看雲就是雲了，雲不再具備意義，也無所象徵，所有的事物已然回歸本身，回歸了真實。

小壁虎睡得很沉，當他聽見鳥叫的聲音，露水滑落的聲音，草葉搖動的聲音，醒來時，陽光又揭開新的一天了。

同樣蔚藍無雲的晴空，但他發現了什麼！不是雲，而是一隻巨大的鳥，正悠悠地飛翔著，極自由的樣子。

他的心跳加速，那確實是他的朋友——鷹，只有他才有這般優雅的飛翔之姿。

小壁虎開心地想：「太好了！鷹已經從南方回來了！」

他忍不住大聲歡呼，驚醒了還在熟睡的變色龍。

「你又怎麼了？」他一臉茫然的表情。

小壁虎愉快地回答：「沒什麼，我的朋友鷹出現了，你看，他正在天空飛翔。」

小壁虎很高興，變色龍卻嚇壞了！「天哪！一隻兇猛的鷹也是你的朋友，太可怕了。」

變色龍身體的顏色變成害怕的深灰色，他太情緒化了，很容易被嚇到。

雖然有點不忍心，小壁虎決定據實以告：「是的，鷹是我的朋友，我們相約今年春天在海邊沙灘見面，所以我很快就要出發了，他正在等我。」

「別去，他會吃掉你！」變色龍都快哭了！

小壁虎笑了笑，「他不會吃掉我，他要吃掉我的話，去年早就吃了我，他是一隻高貴而慈悲的鷹。」

「我會擔心你，你別去！」變色龍哭了。

「你應該祝福我！」小壁虎為他拭去淚痕。

「可是，你走了之後，我又開始孤獨了。」

變色龍索性嚎啕大哭起來。小壁虎讓他盡情痛哭，將孤獨無依的負面情緒釋放掉。

「你總是害怕孤獨，所以身邊一直要抓著別人，腦筋也一直圍繞著別人。但是，孤獨卻是生命中莫大的豐收，它讓你真實地面對自己，面對你的欠缺，你無路可走，只有看著自己的問題——情欲或欲望，念頭與追逐。當你完全洞悉這一切外在的陷阱，你將會進入內在，進入你的靈魂深處。而那時，你就發現真正的自然，星星、月

亮和太陽，所有的宇宙都和你和諧一致。」

「你總是給我一篇大道理，然後丟下我！」

變色龍還啜泣個不停，但負面的情緒丟掉後，他已經緩和下來。

「反正你一定還會回來，對不對？」

小壁虎點點頭，變色龍破涕為笑。

「我只是難過而已，並沒有勉強不讓你走，我知道很多時候，我們都得和自己在一起，我只是有一點脆弱。」變色龍坦誠地說道。

小壁虎想了想，告訴他，「當你脆弱的時候，你可以抬頭看雲，你的生命意義好像浮在空中，告訴你——不要哭泣，來發現我吧！」

雲會出現告訴變色龍：他的生命意義是什麼嗎？雲會的！

就把以後的事丟給以後吧！

此刻，嚴重哭過之後的變色龍，因為消耗了體力，他又餓得厲害了。於是，他們又在野地奔跑，尋找食物，然後，盡情玩耍著。

2

春天的沙灘。水紋流動。一隻熱帶魚追逐光影變化。

鷹在天空旋轉。熱氣團尚未形成，鷹只能像一只風箏一樣飄，隨風而走。

鷹從南方回到海濱山崖的家已經有段時間了，他住不慣南方，悶而炎熱，雖然那裡的天氣型態較容易形成熱氣團，可以讓他玩耍很久。

但鷹興致不是那麼大，這一趟南方之旅的長途跋涉，使他突然覺得自己衰老了，一夕之間。

在南方的日子裡，鷹的心情相當低落，無聊感一波波湧向他，鷹感到生命深沉的憂鬱與無力。他一向很有力量的，卻看見衰微的跡象從腳底逐漸侵蝕而上。

鷹想：「馬上就該跨越生老病死的臨界了！」

鷹微微一笑，儘管壞心情與生命預兆圍住了他，他仍然飛翔，看著這些狀態的升起，並接受一切。

但第一道春風從南方吹往北方之際，他就乘著這一道春風返回了，他不願再停留，不想把剩餘的生命時光耗費在不必要的存在。

當鷹飛抵熟悉的海濱，所有旅途的疲累瀰漫全身，心情卻放鬆了。

他不禁失笑：自己已然失去翱遊的壯志了。

那些殊勝美景、異國風光，往後只能在記憶中憑弔，卻無所遺憾，因為他早已遊遍了世界。世界最後的盡頭就是這海濱地方，他將在此等待終老。

鷹在空中飄。想起朋友小壁虎。眼睛往下俯視——他終將出現在自己的視野之內。鷹很有把握，那是他們之間的默契與瞭解，即使這輩子他們不再相見，也有一種完成的感覺。

那個熟悉、期待的長尾黑點終於在十多天後出現，鷹的眼力還算銳利，他看見小長尾黑點舉起手朝自己揮舞。

鷹俯衝而下，很快降落在金黃色沙灘上，他與小壁虎四目相接，兩人擁抱了一會兒。

時間彷彿連結到去年秋天分手之際，那一刻的離別，這一刻的相聚，傷心與歡樂不都是宇宙的星星之歌。

然而這一個擁抱，小壁虎明顯感受到鷹體內流動的血液不若去年來得有活力，他發覺鷹變得虛弱了，忍不住問道：「這次的南方之旅，一切還好吧！」

鷹點點頭，坦承道：「我老了！」

他又說起了南方的種種：

「炎風吹著，像一股暖潮。有無數熱氣團升起，很可惜沒有力氣多玩了，只有徘徊在棕櫚樹林上，想著回家的方向。

「濕熱的熱帶氣息，使心變得很焦慮。人們的心浮動著，一直在尋找一個出口，

他們製造一個個夢想，把自己包裹其中，當夢想幻滅之際，再進入另一個夢想。

「我突然覺得變老了，旅途行程太長、也太辛苦，熱帶的風和夢想的追逐，都讓我感到倦怠不堪。我打發著時日，等待第一道北歸的春風，終於回到我的地盤。我想今年的冬天，我大概哪兒也去不了了！」

小壁虎明瞭時間之河已在鷹身上烙下最後的刻痕，他再度擁抱這位像父親一般的忘年之交，彼此傳遞著衰老與青春的能量。

「小傢伙，你長更大了！完全是一隻大壁虎了，這次冬眠讓你茁壯不少。」

鷹驚歎著自然的奧妙，沒想到一個冬季下來，他變老了，小壁虎卻變大了，生命之光就這麼一代傳續一代，延伸成巨大的命運之輪。

「說說看，去年秋天我們分手後的情況。」鷹又關心地問著。

去年秋天，是一個落葉繽紛的季節，死亡釋放大量的訊息——安靜極了！所有的活動，都在秋季最後一個風的手勢終結，然後小壁虎蟄伏休息，超然於世俗之外。

「去年秋季來臨的第一天，您去了南方之後，我折返這座沙灘，冷清寂寞的蕭條感，令人有些惆悵。幸運地，意外遇見一位尋找失落翅膀的精靈——海子，他教導我如何觀照死亡，如何重生。又陪伴我尋找到最初的野地。我順利發現一處舒適的冬眠洞穴，吃飽喝足，體內貯存剛好的養分後，便進入冬眠。

「但這次冬眠，我一直夢見我的愛人，她猶在遙遠的山間。愛的火苗在體內燃燒，我深深想念著她。那也許是頭腦的念頭，但是當我完全孤獨時，當我檢視內在的欠缺，進入靈魂深處，我的內在告訴我：永恆之愛，去創造真正的永恆之愛，那便是生命的終極境界。

「我問自己：我明瞭愛，可是我明瞭永恆之愛嗎？愛將隨時間而變質嗎？愛會見異思遷嗎？愛能夠天長地久嗎？我明瞭了愛，但我能創造真正的永恆之愛嗎？」小壁虎道出心底對愛情的疑惑。

鷹能體會這一切，那是他年輕時代的愛之旅，那隻母鷹曾經讓他追蹤了整整三個月，終於在一片密密的林海底端，她無路可逃，愛的迷藏遊戲到了終局，她徹底開心了，心甘情願被他強壯的力量擄獲，與他一起沉醉永恆的愛之中，共同誕生了孩子們，度過甜蜜的時光，直到數年前，她生了一場病，死在他的懷裡。之後，他便過著孤獨的生活。

那一趟旅行充滿了亢奮與激情，絕無僅有的一次，而後，他永遠無法再來一次。並非體力上的侷限，而是真正的完美，一次就夠了！真正的完美，難以複製。你不必覺得遺憾，因為，一次就足矣！太多次，便失去了完美的珍貴，失去了稀有性。

而往往人們不能體會這一點，他們無法堅持，無法保有愛的品質。總是迷失在無盡追逐愛情高潮的漩渦裡，卻一再遺失真愛與永恆。

「咳！關於永恆之愛，這——你得去經歷！許多人努力追求愛，著迷於熱戀初時的激情，像被迷幻了一樣，整個人都飄飄然。但激情之後，熱度消失，便是真愛考驗的開始！

「你不可能只享受熱戀的激情部分，而吝於付出愛的代價。而且你不可能維持那個激

情熱度很久的，那不合乎自然。如此，很快地三個月後你的激情消失了，你又得投入新的對象，新的激情，就像停不下來的輪迴一般，折磨得你精疲力盡。

「愛的歷程包括了和諧與爭執，繁華與枯竭……，它有高潮，也有低迷的時候，它時常絢爛，也會遭遇平淡，而就像生命的歷程一樣，必須去經驗它，接受它，經營它。」

小壁虎為自己當時的退縮感到一絲懊悔，「我的愛人，不知道她現在怎麼了？或許那時候，我應該為她留下，不然就帶走她，我沒有去試，怎麼知道我們之間的愛情能不能夠被完成呢？」

鷹大笑數聲，爽快地提議：「上來吧！我們先去飛一下，然後回到巢穴，讓我好好休息幾天，我再載你去找她吧！」

當然好囉！

小壁虎迅速爬到鷹的身上，有多久沒有飛翔了？沒有從空中鳥瞰著遼闊的大海與陸地。

現在，他又升上了天空，變成一朵在飄的雲，重新以宏觀的角度觀看著世事，觀

看著已然渺小的世界。海岸線如一道發亮的絲線，橫亙在藍寶石海洋與祖母綠山巒之間。風的節奏有致，他們宛如漫步天空，與宇宙和諧同步。然後風在更高處卻狂亂起來，鷹的飛行也跟著亂調了，小壁虎緊緊抓著鷹的背部，突然意會過來——這不就是永恆之愛的節奏嗎？它不可能一直平順，也會遇上亂流，不管是什麼節奏，最重要的是堅持的心。

小壁虎會心一笑，現在風速又平緩下來了。

他的眼睛睜大，巡視每一座浮掠而過的山，他要尋找出那個壁虎家族居住的廢棄農舍，他要找到他的愛人，向她表白自己濃郁的思念，並共創真正的永恆之愛。

3

許多的夜晚過去，黑夜轉換黎明。

春天的鳥叫依然，一首歌接著一首。

每一個新的日子變成新的記憶，瑣碎的枝節最後只留下最主要的輪廓面貌。

所有的思念最後，到了極限，只剩下那個最鮮明的部分——愛眨的眼睛。於是，小壁虎更愛看星星了。那些閃動的星群，多麼美呵！

鷹有時也會陪他一起看星。

鷹看星的時候，眼光特別柔和，他們一起陷入愛情。但鷹的愛人真正是星星了！

鷹相信，再過不久，自己也會變成一顆星。
「她一直喜歡玩迷藏，把自己藏在一個角落，讓我費盡力氣尋找。她喜歡一種神祕感和心領神會的默契，有時會用眼睛說話。我們之間的愛情如同一場趣味競賽。」鷹停駐在星空下的海濱山崖上，娓娓道起他的愛人。
誰說愛情該有同樣的模式和刻板的相處之道。每一個人戀愛的方式都不同，誰知道會和那個對象一起到達什麼境界。
「可是我們都很投入，樂在其中！」
愛情難道不是一個探險，一次旅行，和一場遊戲。
那是淋漓盡致的共舞，鷹的愛情像一

團火，熊熊燃燒，身心融為一體。不像老蜘蛛的愛情，是不得靠近的精神之愛，直到死亡才終於能結合。

而小壁虎的愛情將會發展成怎樣？他怎能夠預測呢？愛情不是虛擬，亦非想像，愛情是真實的交疊激盪，是熾烈的電光石火，也是溫柔的彼岸。

「如此說來，您的愛人真是一隻很特別的母鷹，具有個性和引人的魔力。而對我來講，那個女小壁虎雖不特別，卻是唯一的。儘管她只是一隻普通的壁虎女孩，但帶給我截然不同的感受，包含著完全的溫柔、信任與關懷。」小壁虎也講述著自己的愛人。

鷹覺得自己已經調養得差不多，從南方返回的疲憊逐漸消失，身體慢慢恢復元氣。「明早我們就出發，去山裡尋找那個廢棄農舍！」

鷹不想拖延太久，畢竟自己已經有點老態龍鍾，不太適合太久的長途飛行，趁現在尚有體力，趕緊幫助小壁虎找到他的愛人。

小壁虎內心溢滿感動：「當我寂寞困苦的時候，總是有你們這些朋友們適時地出現幫助我，每一位都像是個天使。」

「而你，你更是一位天使！」鷹溫柔回應。

天使！不知那位失落翅膀的海子精靈，究竟有沒有尋回翅膀，成為真正的天使。

每一座山的樣子都很相像，小壁虎坐在鷹的背上，指引方向。

「有沒有發現一座林海？廢棄的農舍位在林海附近。」

小壁虎尋找著曾經在那裡遇難過的林海，但從天空舉目望去，山的表面皆是林海構成。

「想一想，那片林海是什麼植物的林相？」鷹提醒他。

「那片林海不知道是什麼樹名，但環繞著一個蛤蟆王國，中間有一座湖，湖的支流穿過林海區域。」

鷹點點頭，那應該是在大山那一帶，那兒有一個封閉的湖區，住著一大堆蛤蟆，他避冬南飛時曾經經過，這附近山群只有那裡有蛤蟆聚落。

他調一個頭，往南方的方向飛去，速度很快。沒多久，小壁虎便發現那一個久違的蛤蟆王國。

一切似乎都如昔——北方的蛤蟆王宮依然宏偉壯觀，只是看起來很滄桑；東方的蛤蟆城市猶繁華非常，卻彌漫沒落的氣息。

小壁虎還看見他沒去過的西方蛤蟆古碑，僅存一點點大的破敗廢墟，風蝕都快將它完全吞噬；幸而南方的田園充滿了鮮活的綠，是這個王國中最具生命力的所在。

當然，在一定的高度之上，小壁虎無法看清楚蛤蟆們的身影，只有一個個移動的小點。小點點在樅樹廣場集成一大團，不知又是一場什麼樣的蛤蟆暴動，有多少發瘋的蛤蟆又要被送進精神病院。

一群精神錯亂的蛤蟆公民，形成一個奇怪的國度。

「再往前吧！前方就是黑暗林海了，越過那兒，很快就接近壁虎家族的農舍了。」小壁虎手指向前方。

如果當初早點認識鷹，就不必遭遇穿越林海河流區域，被鱷魚攻擊的劫難，鷹可以輕鬆地載著自己離開蛤蟆王國，也不會失去了原來的尾巴。不過，這樣的話，他就不能和女小壁虎相遇了。

塞翁失馬焉知非福，誰能把人生的得失說個明白呢！

現在，蓊鬱的林海就在腳底，小壁虎一鬆手掉落下去的話，那隻兇猛的鱷魚就會張大嘴迎接自己，他不由自主地抓緊鷹的羽翼。

「放鬆一點，你太緊張了。」鷹被抓疼了。

「對不起，我只是擔心又掉到鱷魚的嘴裡。」小壁虎趕緊鬆一下手。

「把這種害怕的情緒丟掉，即使又陷入相同的困境，你也應該勇敢地迎接它，把所有的困境當作試煉所，訓練你更加果決堅強，而不是逃避或畏懼，如此你才不會重蹈覆轍。」

經鷹這麼一提，小壁虎才發現原來內心還是藏有恐懼，原以為自己已經夠茁壯了。學習每一時刻的放鬆，確實不是件容易的事，頭腦的念頭總是把我們帶到地獄，它永遠往壞處想：憤怒、貪婪、厭煩、嫉妒、恐懼、佔有、比較，無時無刻不在自找麻煩。

小壁虎輕拍一下鷹，感謝他的提醒。他們往前再飛，林海被拋在後頭，在林海邊緣處是小壁虎和女小壁虎初次結識的地方。他曾誤以為她就是自己，因為之前他從未見過任何一隻壁虎同類。

他在空中，再次體會早先初識時悸動的心情、她的容貌、兩人說的話，一個含蓄的眼神或者觸碰的動作，如此回顧下，每一段際遇都顯得那麼得來不易，那麼重要，並且意義非凡。

這就是永恆之愛的開始。

他落了一滴淚在鷹的身上，從羽翼滑落到地面，變成一顆雨滴，滋潤泥地上一株小小缺水枯萎的野茉莉。她活過來，仰著臉看天空，要尋找雨滴從何而來，天空已一片寂然，她感受到這顆雨滴的神聖性，決定更堅強地活下去。

現在，小壁虎記起通往廢棄農舍的路了，再轉兩個彎就到達位於山邊角落的壁虎之家。

他的心怦怦跳動得厲害，就快與自己的愛人重逢了，那份盼望的期待，因即將達成而溢滿喜悅。

他的眼睛更加凝注於前方，然後鷹轉了兩個彎，他看見農舍出現在眼前。只是，是一座燒毀後的灰燼，沒有建築形體。它被燒毀了！

小壁虎滿心的喜悅，迅即轉為驚愕的失落感。

一切來得太突然，太震撼了，他傻怔住了，無法言語。連鷹都感到不可思議，為什麼會這樣呢？

這真是令人措手不及的意外！

他們停歇在農舍灰燼之前，目睹這一團焦黑，看來所有的東西都被燒得一乾二淨，甚至沒有留下任何線索和生命跡象。

小壁虎一溜煙地鑽進灰燼之中，想要探尋個蛛絲馬跡出來，但無濟於事，這場大火顯然來得又急又快，將一切吞沒。

小壁虎失望地走出來，對鷹沮喪地道：「她也被燒死了嗎？」

小壁虎流不出一滴淚來，無法接受這個事實。

鷹試圖安慰他，「也許情況沒那麼糟，我們應該弄清楚大火是怎麼燒起來的，那些壁虎家族有沒有順利逃出來。說不定是他們搬遷到別處，刻意放火把農舍燒了也不一定。」

小壁虎點點頭，是的，眼下的當務之急便是瞭解事情的發生經過。在人生的過程中，他無法避免任何災難的來臨，也無法了卻隨災難而來的傷痛，但是他可以更堅強面對現實，勇敢地接受一切，樂觀地往好處去想。

鷹又說道，「走吧！我們來問問附近的動物，看能不能問出個所以然來。」

奇怪！這一帶所有居住的動物似乎全都消失了，不知藏身何處。小壁虎和鷹繞了一大圈，還是杳無蹤跡。天色已經暗下來，再找下去，也是徒勞無功。

鷹飛到一棵巨樹略略休息，他們必須做一個離開的決定，否則天完全黑了，便不好回家了。

這時，樹頂上傳來一陣極難聽的怪鳥叫聲，鷹一聽，卻明白那是什麼鳥的聲音。他載著小壁虎飛到樹頂上去。

「出來吧！我的朋友，我是鷹，我有事想請問你。」鷹在一個樹洞口低聲叫喚。

不一會兒，探出一個會轉動的頭——是貓頭鷹，也算猛禽類動物，和鷹是遠房親戚。

貓頭鷹向鷹打了聲招呼：「是你，有什麼事嗎？」

鷹頭轉向那一團農舍灰燼，「你知道那是怎麼回事嗎？原來不是一群壁虎家族住在那裡，為什麼農舍會被火燒毀呢？而且這附近的動物都跑去哪兒了？」

貓頭鷹頭轉向鷹，又轉向小壁虎，繞了一圈回到原處。

「突然有一群人跑來這裡，說要把農舍改建成工廠，就放火燒了農舍，燃燒的濃煙都把周圍的動物燻跑了，幸好我住在樹頂才得以倖免於難。」

鷹又問：「這是多久前發生的事了？」

「沒多久，前兩天而已。真是春天的第一場浩劫哦！」

小壁虎趕緊追問：「那住在農舍的那一群壁虎家族呢？」

貓頭鷹滿不在乎地回答：「當然是死的死，逃的逃。」

「那隻女小壁虎逃出來了嗎？」

「女小壁虎！有那麼多女小壁虎，我怎麼知道是哪一隻。」

這等於沒回答，小壁虎懊惱透了！

鷹插口道：「逃出來的壁虎往哪個方向去呢？」

貓頭鷹想了一想，很困擾地說：「東西南北都有，因為他們從房子的四面分別竄逃出來，等等——好像他們一起在林子裡集合，然後翻過山跑走了。」

「就這樣？」

「就這樣！」

天色已經暗沉到底，鷹向貓頭鷹致謝並告別，他讓小壁虎爬上來，很快地飛入黑夜天空。

「先回去吧！至少已經知道他們逃走的方向，明天天亮再來尋找吧！」

小壁虎抬頭看著天空，一朵雲飛來，竟是春天以來他看見的第一朵雲。

4

在春天這個黯淡無語的夜晚，一隻鷹載著一隻壁虎，從山林飛行在通往海濱山崖的天空軌道，直到大海，彷彿來到了世界盡頭。

小壁虎感受著風速，閉上眼睛進入一場靜心之中。他調整自己紊亂的呼吸、心跳，投入宇宙的浩瀚。

他再度感到自己的渺小，一切微不足道。然後他漸漸平靜下來，睜開眼，雲已經飛走，一萬顆星星迎接著他。

他下了一個決心：就算女小壁虎已經不存在這世界上，他也要找到任何一名壁虎

家族成員追詢一切。

飛了一整天，鷹的翅膀已經疲軟無力，他的速度明顯下降。當大海出現時，他的士氣一振，一鼓作氣飛回山崖巢穴。

鷹完全累垮了！蜷在巢穴中沉入最深的睡夢，不知道竟然會累成這樣，星星消失了，天都亮了，太陽升上高空——他的雙眼緊閉，四肢僵硬，處於一種昏迷的狀態。

小壁虎不敢喚醒他，只接著一葉露水，輕輕灑在他的嘴角，他沒想到鷹如此虛弱不堪，心裡歉意著不該讓他飛這麼久，那個擁有生之力量的鷹畢竟已經衰老，這是宿命，所有生命必經之路——最終丟掉那個已然無用的軀體，邁向死亡。

露水滋潤乾渴的鷹，他慢慢睜開眼，沙啞地說：「今天，我恐怕是沒辦法陪你去尋找壁虎家族的下落了，我得好好睡一會兒。」

小壁虎點點頭，「沒關係，這一陣子你好好地休息。我決定隻身前往，這是我應該完成的事，而不是你。但是答應我，你即將踏入生命最終極的死亡高潮，你必須做一些準備。」

「什麼樣的準備？」

小壁虎想起海子的叮嚀，「學習隨時觀照死亡，隨時重生。」

鷹一臉迷茫，小壁虎依著心的直覺再做詮釋。

「閉上眼，進入你的內在，放掉你的身體、感覺與情緒，甚至是頭腦的思想，與整個存在共鳴，然後你會充滿寧靜，一個新的你即將復活。」

鷹微微一笑，約略領會，「我會試試看，希望你順利地找到你的愛人，我會每天都到海上飛一趟，不管怎樣，你一定都要回到沙灘。」

小壁虎答應了鷹，隨即離開鷹的巢穴。

新的孤獨旅程展在眼前，小壁虎沿著去年的來時路逆向而行，從海跨進層層疊疊的山，輕踏著足履，一步步往前。沒有無盡的期待或任何的怨言，只有在旅途上。

在旅途上，他又變成一個探險家，只是他的寶藏不在某個神祕地圖標示的位置，而是移動的未知，一個愛情信念。是的，與其寄託運氣，不如憑藉著信念，他的念力所凝聚的能量，將讓金石為開。

在旅途上，昨天還在蔥綠色的草原邊界，聽見草葉上所有的黑色蟲子一起齊聲吶喊：「愛我！愛我！」

小壁虎停下腳步，問著他們：「怎樣去愛你們呢？」

他們並不理會，繼續吶喊：「愛我！愛我！」

每一隻草葉上的蟲子動也不動，只是一直要著愛。

小壁虎本來想問他們，有沒有看見任何一隻壁虎經過，但他放棄了，對這些只會索求，卻不懂愛的缺乏行動者，他們的眼睛是不會在意任何經過的，他們只會張動嘴巴，盲目地求愛。

在旅途上，今日已來到一條土黃色荒廢的舊街。風吹沙塵，滾動著，也一併將小壁虎滾動到一間破舊的儲藏間。

裡頭的置物木架上竟有無數隻舉止形貌一模一樣的壁虎女孩們，他興奮地大叫：「你們在這裡！」

「是啊！我們一直在這裡，哪兒也沒去。」女孩們一致回答，連聲音也一模一樣。

小壁虎從地面、牆角一路順延爬上，來到木架旁。一看，那些壁虎女孩們不是真正的壁虎，而是一隻隻工廠製造出來的填充玩具，她們連手勢都一樣，擺弄著嬌媚的姿態，每一隻都很美豔。

她們很驕傲地說：「看！我永遠都青春迷人，除了一些討厭的灰塵會黏在身上。你一定會愛上我，我的外表多麼惹人喜愛。」

小壁虎沒找到他的女小壁虎，他轉頭就走。

女玩具們嚷嚷著：「帶我走吧！你會得到真正的幸福，你一直在尋找永恆，不是嗎？我就是永恆，我永遠不會變醜，也不會變老。你如果一個嫌不夠，可以同時攜帶

我們好幾個。」

小壁虎回過頭來，決然地對她們說：「可是，我只需要一個活生生的、真正的女壁虎，不需要那麼多虛假之美的女壁虎。」

他轉頭離開這一群完美無瑕的填充玩具，她們沒有哭泣，因為她們不會變老，不會流汗，當然也不會哭泣。

她們等待著下一個過客，對她們而言，每一個過客其實都一樣，就像她們彼此——也都一模一樣。迎向她們的，只有灰塵，沒有衰老。

在旅途上，明天，小壁虎要去哪裡？

明天，他將到達一條透明色流動的溪河，迷離的反光，氤氳的水氣，都將使他的心靈蒙上一層迷濛，但是那能阻礙他的直指真心嗎？

小壁虎步出了舊街，風和沙塵都在腦後。

油桐樹林下了雪般，紛紛落下了密密的白色小花，形成一道花徑。他仰臉走在花徑上，降落的小花一下子掉了好幾朵在他臉上。
白色花雨——他沉醉其間。

等等，他仰著的臉稍稍一斜，看見其中一棵油桐樹幹上，有一個小小的壁虎尾巴印跡，尾部朝向花徑另端。

那是壁虎家族特有的指示記號，當他們到戶外進行探險或獵食時，為免同伴迷路，都會就地尋找一棵大樹，在樹幹底部刻下一個小小的尾巴印子，當作路標，尾巴朝向哪兒，便是往哪兒的方向前進。

小壁虎愉悅地想，至少已經有了一個線索。

他再度享受這一片花雨之美，並感謝它們吸引自己前來，發現了這難能可貴的「壁虎尾巴」。

他順著花徑另端而去，前方會接另條山路，小壁虎覺得好熟悉，那不是自己去年曾走過的路嗎？山路一直往上，便連接到和蛤蟆芭比相遇的竹林溪河。

歌聲優美的芭比，是否已經從舊傷痛的陰影中走出來了呢？

現在，小壁虎更能瞭解芭比當時失去愛人的哀慟，很多事必須經驗了，才真正明白究竟，而非頭腦的自以為是。

那個女小壁虎是否也沿著這個方向去到溪河，或者根本就在大火中罹難了？小壁虎不敢想像。

他唯一能做的，便是往溪河出發。就算沒發現任何一隻壁虎，也有芭比在那兒，他想看看芭比新生的孩子們，那些受精卵應該早已孵化成一隻隻小蛤蟆。

母愛會喚起芭比失去愛的心嗎？

會的！愛是靈魂本就具足最真實的部分，你可以一時遺忘它，但終究要回到它。生命的誕生及一切，從找尋愛開始。

愛是一種和諧的狀態，愛是溫柔的汪洋，愛是內在的品質。愛的重點不在於：你愛誰或不愛誰？而是，每時每刻你都在愛之中。愛亦非等待別人的付出，而是你發乎真心的行動，你去愛！

為什麼有人不敢去愛呢？小壁虎猜不透！或許他們對自己或對愛沒有信心吧！他們太擔心受傷害，他們一直要求愛，卻不肯去愛，就像那一群草葉蟲一般，這一世裡永遠不滿足地吶喊，這就是他們的生命意義。

再不然就是像那些一模一樣的壁虎娃娃，她們只給你虛假的美麗，滿足你一時的虛榮，那些永不凋謝的外表就是愛嗎？你一直追求青春，追求美，追求高潮，那是愛嗎？你只是一再地奔波追逐，一再錯過愛，而不肯安靜下來，細細品味愛，珍惜愛。

在旅途上，小壁虎每一步行跡，都是一個愛的記號。這是屬於他獨特的愛的歷程，他不能依賴鷹、依賴別人去完成這一趟旅程，他只能靠他自己一步一腳印。這一趟愛的旅程也截然不同於其他任何人的，因為每一個人愛的行旅都無法複製，都是唯一的經驗。

愛，沒有標準，沒有參考手冊，也沒有速食公式，只有「去愛」。

那是一萬個或十萬個愛的記號被腳烙下印記，小壁虎還在走著，溪河已在不遠的山腰處。在路旁一棵巨大的杉樹底部，小壁虎又發現一條明顯的壁虎尾巴刻痕，尾巴正指向溪河的位置。

他們整支隊伍必定經過這裡，這是一次龐大的遷移過程，他們不可能不留下任何指標。而對於小壁虎來說，這可是一個個愛的指標，因它們的引導，使他的信念更加強烈。

5

溪河以一種包容的透明顏色潺潺流動，水的波紋洩露了時間的祕密。

春天時上游高山的雪融化，匯集龐大溪水，波紋成了急促的輪狀。季節愈往後遞嬗，波紋愈成緩慢放大的圓形。直到冬天，波紋都消失了，山上的雪被冰封住，溪流乾涸見底，除非來一場猛烈的風雨。

這就是溪河的輪迴與宿命，直到某日，一個地震或溫室效應改變了它的命運。

在此之前，溪河仍然是溪河，任時間悠悠推動，從高山一路奔騰到河谷，經過許多彎道，傾聽著季節的歌聲，觀看著流經的風景變化。從昨天到今日，然後明日也成了今日。

明日也成了今日——小壁虎已經佇站在溪河畔。

強烈的水勢，製造一團茫茫水氣，溪河水面返照著太陽的光芒，粼粼瀲灩，兩者一結合，使溪河散發迷濛靉靆的飄忽感，形成一個幻境，就像海市蜃樓一般。

突然間他看見了女小壁虎，自那一團迷離的霧中走了出來，迎向他，對他深情微笑。

小壁虎仔細再看，沒錯，是她！絕不是一個填充娃娃。他激動地往前奔去。呼喊著：「妳原來在這兒，我好擔心！以為妳發生意外，我找妳找得好辛苦。」女小

壁虎仍然微笑著，卻不言語。當小壁虎奔向她時，她往後退回水霧間。

「別走！和我說說話。讓我知道妳這陣子好不好？」

小壁虎停住腳，手伸向她，試圖挽留。女小壁虎也停住腳，眼睛眨了眨，那是她最迷人的模樣，小壁虎心都醉了，希望這一刻就能擁她入懷。

「我知道妳一定還在介意我拋下了妳，獨自離去。我知道我不應該把妳留在壁虎家族，讓妳遭遇家破人亡的劫難。但是現在一切都過去了！我找到了妳，我們可以重新開始，過快樂的生活。」

小壁虎不斷地表白誠摯的心意，女小壁虎卻不為所動地只是看著他，一句話也不說。

接著女小壁虎落淚了，她的眼淚像溪水一樣潸然流下，周圍充滿傷感的情緒，思念的狂潮，以及愛的碎片。

他繼續看到了一切轉化為恨的空氣，失落的怨懟，得不到的詛咒，以及愚昧的執著……。

小壁虎急起來了，他想向前和她解釋，她再度退回水霧裡，向他招手。

剎那間，小壁虎領悟過來，他大聲叫起來：「妳不是她，妳是誰，竟然冒充她！」女小壁虎嚇了一跳，變成一場水氣，散掉了！那一團迷離之霧也因此散化了，顯露一方迷潭漩渦出來。好危險，剛剛如果小壁虎往前追上了女小壁虎，不就沉到漩渦底下，徹底被淹沒了。

他怔在河岸邊，為自己避開一個陷阱而慶幸，卻也為失去的女小壁虎身影而惆悵不已。事實上，那一時刻的領悟，是來自於恨的空氣，因為他很明白女小壁虎絕不會恨他的。他們之間純潔的愛之中，沒有一絲恨的雜質存在，也沒有怨懟與詛咒，愚昧與佔有等等汙濁的負面能量。

那是一個自信度的問題，他們對於彼此的愛充滿信任與信心，當你往好的方向去想時，事情也往好的方向運轉，所以，那瞬間，小壁虎很清楚那不是她，而是一個幻境。

此時，小壁虎心緒尚未完全平復，他看著溪河奔馳流動，嘩嘩的節奏，逐漸放鬆了緊張的軀體，他做了一個深呼吸。

一首歌正好出現：「獻給摯愛，獻給摯愛，我最最真誠的心……」

那是女蛤蟆芭比，她的歌像適時出現的木舟一樣，讓漂流的小壁虎有了依靠的感覺。

他回過神，朝河對岸呼喚：「芭比，芭比，我是小壁虎，妳在哪兒？」

芭比從河對岸的一塊大岩石冒出頭來，不光是她，還有一大群小蛤蟆一起冒出頭來。小壁虎錯愕一下，這不會又是一個幻境吧？

確實不是幻境，芭比朝他熱情地揮手，大聲嚷道：「小壁虎，你好啊！」

所有的小蛤蟆也跟著喊：「小壁虎，

你好啊！」

然後他們噗通、噗通，一起跳進水裡游過來了。

芭比看上去比去年更有朝氣，洋溢著生命活力。那一群蛤蟆小孩們，數不清有多少隻，每一隻看起來都非常健康、可愛。芭比讓孩子們在石灘上隨意玩耍著，自己和小壁虎在一旁坐下來。

「我們正好出來散步、唱歌，真巧就遇上你了，你怎會來這裡？」芭比關心地問道。

小壁虎娓娓道出所有的情況，包括剛才差點捲進漩渦之事。

芭比聽了後，為他解釋：「那是一汪春天的迷潭漩渦，像面鏡子一樣，它會透過你欲望的投射，製造出一個個你想得到的虛偽幻象。如果你是一個欲念很強的人，往往逃不過那個可怕的陷阱。這附近很多動物都很難倖免於難，更何況是外來不知情的路過者，你很幸運能夠躲過一劫。」

「原來如此，差一點妳就見不到我了。」

兩人相視一笑。小壁虎又問：「那麼現在妳應該過得不錯囉？」

芭比點點頭：「我搬到溪河對岸，所有的受精卵也順利孵化，孵化之後，變成一隻隻可愛的蛤蟆寶寶。我和丈夫每天都忙著照顧他們，看著他們漸漸長大，生命有了延伸的意義。我們現在組成一支合唱團，每天都要出來練唱一次，他們的爸爸就趁這時去找尋食物。」

「住在蛤蟆王國的朋友們知道妳的下落了嗎？」

「嗯！去年冬眠前，我託經過的鴿子捎去消息。今年春天，鴿子也帶回一封傑夫的來信。」

「真的！說說信的內容寫些什麼。」小壁虎也想念起那些蛤蟆朋友們，不知他們過得好不好？

「他們很遺憾失去了丁當這位好友，特別在樅樹廣場舉辦一場詩歌追悼會。他們希望我堅強地活下去，原本希望我能回去蛤蟆王國，和我一起撫育我的孩子們，但考慮到回去又要冒一次被鱷魚攻擊的危險，所以請我的丈夫好好照顧我和孩子們，並祝福我活得更快樂。以後他們會常常來信鼓勵我，讓我明瞭我還擁有他們的愛，我並不寂寞。」

芭比又補充一句：「對了！他們也問起你，知道你平安地脫離蛤蟆王國，很為你高興，也謝謝你為我所做的一切，讓我回到心靈的家。」

小壁虎的臉紅起來了，他謙遜地說道：「沒什麼，你們真的太客氣了！」溪流聲提醒了小壁虎，「芭比，請問妳有沒有看見一群壁虎從這兒經過，也許我的女小壁虎也在其中。」

「我沒在意，不過我可以問問我的丈夫，他來了！」

芭比手指向溪河對岸，果真出現了一隻身材魁梧的公蛤蟆，拎著一袋食物，不一會兒他游過來了，把食物分給孩子們，小蛤蟆們開心地吃起來，吵成一片。

公蛤蟆聽完芭比的轉述後，手一拍，立刻點頭：「我聽同伴說，前不久來了一大群壁虎們，和這裡的蛤蟆們搶起食物，後來有許多壁虎被迷潭漩渦誘惑，沉入溪河裡了，僅剩下不到三分之一的壁虎們渡過河，往山的另一邊前去。對岸的一塊岩石上還留有一個他們的標記。」

說完，公蛤蟆和芭比帶著小壁虎游過對岸，果然就在剛剛芭比和孩子們出現的大岩石上發現一個壁虎尾巴的記號，尾巴指向日出的東方。

小壁虎滿懷感激地謝過公蛤蟆和芭比，他們彼此祝福，就此道別，小壁虎想早點上路尋找壁虎們的去向。

「希望你早日找到你的真愛！」芭比夫婦誠心地說道。

「也願你們珍惜這份得來不易的真愛，當然還有這一群孩子們。」

芭比擁抱著小壁虎，小蛤蟆們也游過來一一和他說再見，究竟有多少隻小蛤蟆呢？他一個一個握手，一個一個數，卻還是數不清楚。

最後當輪到與公蛤蟆握手時，小壁虎忍不住問他：「你們究竟有多少個蛤蟆寶寶？」

所有的小蛤蟆們一致回答：「一百零八個。」

天哪！一百零八個孩子，好多哦！

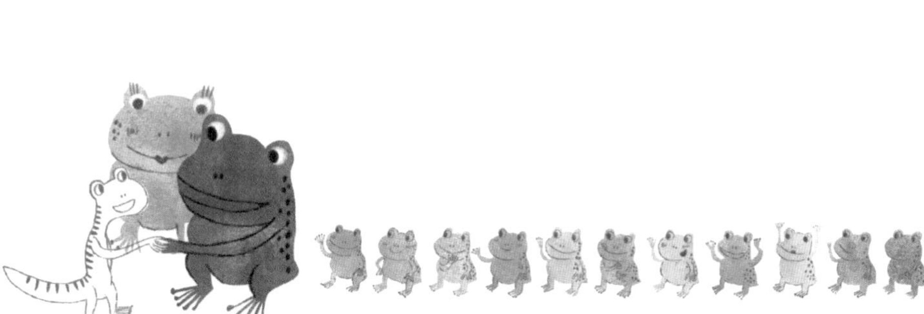

6

日出的東方，象徵著希望。

許多雲，雲集在東方的天空，許多的預兆輕飄著。

小壁虎不去讀它們的意涵，他不想抄捷徑，也不想避開該遭遇的難題。

如果愛的歷程你只想選擇一條容易的便道，那你不過是一個投機分子。

往東方而行，小壁虎一直在山之中。

他想像著這一個彼此依賴、團結的壁虎家族，乍然離開了被毀滅的家，奔逃四溢，飄動的行跡，居無定所，那是怎樣一種落寞倉皇的心理？

他們要在哪裡停住腳，尋找下一個居所，或是就此解散？有許多隻壁虎死在燃燒的大火中，死在路上。想到這一場浩劫所帶來的傷害，他不禁朝東方膜拜，為所有倉促死去的壁虎哀悼。

生命迅速無常，昨日你還在沉睡夢中，今日你已完全是夢，不僅僅是衰老的鷹需要為死亡做準備，每一個人都該及早為死亡做準備。

你怎能認為自己永遠不死？永遠存在這世間？既然不能逃避死亡，不能預知死亡之日，你只有勇敢地面對它，隨時迎接它。

如果你明天就要死去，那麼今天你要怎麼活？

小壁虎想：「我要怎麼活？」

「我要快樂地活，我要讓那一天充滿愛，即使我不能在那一天找到我的所愛，與她共度生命最後的日子，我也要攜帶著愛她的品質，去愛那一天的所有。

「而且，我應該把活著的每一天，當作是死亡前的最後一日，如此我就很明白：什麼是生命中重要的事，而什麼是不必在意的瑣碎垃圾。」

是啊！你馬上就要死了，你還來不及去愛，你會在乎那些累積的數字或追逐的欲望嗎？

前進東方，在生命最後的一天前進東方，因為那是一件生命中重要的事。

在前進之間，小壁虎卻攜帶著滿滿的、愛的品質。

往東方的路上，五節芒窸窣地響，風吹，整齊一致地擺向右側，葉片摩擦，一陣陣不停止的「唰——唰——」，綿延不斷。

綿延不斷的五節芒，似乎要伸向天際，它們長得太茂密，一派旺盛。每一年都多出一大叢，逐次擴大它們的勢力範圍。到了秋，白色花絮成茫茫雪一般，飄逸而壯觀。

「唰——唰——」

小壁虎穿行過這一整片五節芒，一直覺得背後有人在追。

「是誰？」

他停住腳步，仔細傾聽，「唰——唰——」是五節芒的草動聲。

他繼續前行，繼續穿行這一片遼闊的五節芒。突然後面一個什麼撞上來，把他撲倒在地。

兩個人都撞疼得叫了起來，小壁虎先爬起來，一看地上倒著一隻黑褐色的田鼠。

「你有沒有怎樣？」小壁虎關懷地問。

田鼠爬起來，撿起掉落在地上的裝備，水壺、食物和枴杖等等。匆忙丟了一句：「沒怎樣！」便又往前疾走，不知是被什麼動物追趕著似地。但走沒幾步，他「啊！」了一聲，又跪倒在地。

小壁虎奔上去：「怎麼啦？」

田鼠的臉皺成一團：「我的腳踝拐傷了！」

這下子可有怎樣了，瞧田鼠滿臉焦慮的痛苦神情。

「這下子，我的進度會落後啦！」

小壁虎協助他靠在一旁的五節芒草叢休息，好奇地問：「什麼進度？」

田鼠揩拭滿頭熱汗，雙手來回搓揉著受傷的右腳踝。

「前陣子趕路已經傷過一次了，今天又傷成這樣子，我看攀登這座山的山頂，進度一定會落後了。」

原來這隻田鼠是一位登山家。

「既然如此，你就好好歇一歇吧！等傷勢好轉再上路也不遲。」小壁虎好心地安慰他。

田鼠搖搖頭，「不行，我必須明天就攻上山頂，因為還有無數的山頂等待我去征服，我必須不停地刷新紀錄，這樣我才能名垂不朽。」

不僅是一個登山家，還是一個野心家呢！

小壁虎覺得疑惑：「可是為什麼要登上所有的山頂，為什麼要刷新紀錄？你確定這樣就能名垂不朽？你要名垂不朽幹什麼呢？」

田鼠不耐煩地回道：「因為我想成為一個大人物啊！我必須讓大家知道我的成就非凡，因為我征服過那麼多座山。」

「可是，你愛這些山嗎？」

「愛？」田鼠好像聽見一件好笑的事一樣，覺得荒謬至極。

「我怎麼會愛一座山，山是要去征服它的，不是去愛它的！我愛我的田鼠女人，但在愛她之前，得先讓我功成名就一番，等到我們衣食無缺之後，才能無憂無慮地相愛。」

「那你可要等很久哦！」

小壁虎為他不懂「去愛」而感到惋惜。

「是啊！有那麼多、那麼多的山等待我去征服，當我爬上了這座山頂，我的目標已經又在另一座山，我覺得時間真是不夠用呢！」田鼠道出了他的困擾。

「當你在一座山的山頂，卻不懂得好好欣賞空曠的風景，滿腦子只想著另一座山頂。你所有的念頭都只是『登上山頂』，每一座山頂卻都無法滿足你，你盲目追逐目標，不能投入整個過程。你一直在爬山，卻一再錯過山。就像你錯過愛一樣，你的田鼠女人很可憐，因為她等待的是一個永遠不會到來的愛。你的野心不會結束，當你有了第一個野心，同時就會有一萬個野心。」

田鼠不予理會，仍然傲慢地回答：「我不僅僅是一隻田鼠而已，我想成為一個大人物，所以所有的愛都可以因此被犧牲，你不覺得這樣很崇高、很偉大嗎？」

小壁虎不以為然，「那我只能說你很貧乏，當你的生命沒辦法去愛，只充滿著不停的比賽，不停的競爭，不停的攀爬，以及永遠遠在他方的目標，你確定這樣的生命狀態是崇高而偉大的嗎？我不覺得。而且我認為——你只是一隻田鼠會比你是一個大人物，來得有趣、有意思多了！」

田鼠相當不高興這麼一頓當頭棒喝，他有點惱羞成怒：「你好粗魯，怎麼可以這麼不禮貌地說別人，說這麼多挑剔、難聽的話。」

小壁虎微笑著，和善地道：「因為我不是一個巧言的偽善者，我也不是一個投機的政客，我只是想提醒你——當你停止了那個想成為一個大人物的念頭束縛，你就會擁有廣大的無名自由，你不再有理由延遲愛。而當你去愛，你的生命的每一刻就都是崇高、偉大的！」

「你多說無用的，任何人都不可能改變我的決心。也不能阻撓我成為一個大人物。」看來是一個相當固執的田鼠。

說完，田鼠毫不猶豫地拄著拐杖，撐站起來，頭也不回地繼續他的登頂之路。他走得一拐一拐的，無視周遭，只管把頭仰向高高的山頂，彷彿一個大人物的尊貴姿態。

再往前有一個泥沼，和一坨野鳥掉落的糞，希望他能看見，不要掉了下去或摔個跟頭。

小壁虎看見這位高傲的野心登山家逐漸消失在前方，默默贈予他愛的祝福，希望終有一天，他能發現一次壯麗的山頂風景，並及早和他的田鼠女人相愛。與整個存在的大自然相較，一個大人物實在不算什麼。

風吹五節芒，繼續發出「唰——唰——唰」的聲響。小壁虎也跟著出發了，前進東方。

東方不是一個目標。

在往東方的路上，他只是一隻平凡的小壁虎，不是為了野心，而是為了愛，在路上。

在五節芒盡頭的岔路上，他又發現地面刻有一個「壁虎尾巴」記號，指向右側的山徑，而左側的道路則通往這座山的山頂，小壁虎和田鼠短暫一會，就此分道揚鑣。

7

那個壁虎尾巴指向了一座參天森林，一切好熟悉，千年巨樹薈萃成林，如同之前百年龜村所在的——擁有宇宙內在和諧的靜謐密林一般。

但這座古森林，又截然不同於那個靜謐密林，它相當地嘈雜聒噪，林內充斥動物聲、鳥聲及各種的昆蟲聲此起彼落，形成龐大的搖滾區。

小壁虎被這喧騰不已的噪音緊緊包圍，察覺到他的情緒也因此而心浮氣躁，他閉上眼睛，深吸一口氣，沉靜下來，然後仔細傾聽——風的聲音、獼猴的聲音、雀鳥的聲音、蟋蟀的聲音……，所有的聲音落在各個不同的層次，逐一可辨。

他還聽見一種特別的疾馳聲，由遠而近，力量很強勁。猛然地，那陣旋風似奔動的聲音已經越靠越近，小壁虎趕緊閃到一旁的巨樹下方。

是一個毛茸茸的巨大黑傢伙，嘴裡呼嚕呼嚕地喊著：「閃開啊！別被我撞到。」巨大的黑傢伙跑過去，又跑過來，每一次都會大叫：「閃開啊！別被我撞到！」

小壁虎索性動也不動，挨在巨樹旁，看著這位黑先生來來回回跑了數十趟，最後他忍不住問道：「能不能請問貴姓大名？」

黑傢伙跑過來時，呼嚕地答道：「山豬砰砰！」

「山豬砰砰！好奇怪的名字。」

「因為我常常會把東西撞得砰砰響的。」

「砰！」砰砰果真撞到一塊岩壁，撞得頭冒金星。他不洩氣，繼續再跑。

「你這樣快速地胡跑瞎撞，當然會撞上東西。」小壁虎為他這一撞都感到痛起來了。

他於心不忍地建議：「你能不能停一停？你幹嘛急呼呼地跑來跑去，你在趕什麼呀？」

砰砰喘吁吁地回答：「不行哪！這是一個快速的時代，瞬息萬變。生命太短暫，我如果速度追趕不上的話，很快就會被淘汰。等等，我得去辦一件事。」

砰砰一下子就消失，像變魔術一樣立刻又出現了，小壁虎還來不及反應呢！

「你怎麼又回來？」

「我辦好事了！」

「什麼事那麼快？」

砰砰跑動著，臉漲紅起來：「沒什麼事，和我太太親熱一下而已。」

這麼快就親熱完了，難不成待會兒孩子就生出來了，小壁虎感到不可思議。

「等等，我還有一件事。」

砰砰像風一樣又不見了，但請放心，馬上又像風一樣吹過來了。

「這回又是什麼事？」

砰砰喘得不得了地回答：「我跑去吃喝一頓，補充消耗的體力。」

「你太喘了！你可不可以安靜下來，好好休息一下。」

「我也想啊！可是，我一直這樣快速匆忙，變得停不下來了！我已經好久沒有好好睡上一覺，也沒辦法休息，我被速度麻醉住了，我的心跳一直加快，一直加快。我的老婆抱怨我給她的愛快而短暫，連許多美食我都不能細細品嘗！而且我的記憶力也大幅消退，我常常遺忘經過的事物，因為一切都太快了，我怎麼記得住！我只能把我的注意力專注在風馳電掣的速度之中，我得一直這樣亢奮著，快速衝越。」

說完這一堆話的同時，砰砰已經不知道來回跑了多少圈，順便辦了多少事：幫太太梳毛，幫小孩們洗澡，磨了突出的尖牙，還滾了三趟泥……

小壁虎看著這隻熱心卻急促的山豬先生，如此奔波不已，不免感到同情。

「我想到一個好辦法，可以讓你停下來。」

小壁虎利用巨樹的長根打了一個牢牢的大結，他吆喝著：「現在，砰砰，你跑過來，我把你套住，你要穿過這個結。」

砰砰風也似地呼一下穿過去，馬上被樹根縛住了，樹根緊緊連接著巨樹，現在砰砰就算跑也跑不了了，除非他把巨樹一起拖著跑。

就算在原地，砰砰的四隻腳還不停地跑動著，但這回他可以好好端詳小壁虎了。

他向小壁虎打招呼：「嗨！新朋友，你好。」

「你可以叫我小壁虎。」

「嗨！小壁虎，你好。」

小壁虎得設法讓砰砰真正地停下來。

「砰砰，我必須告訴你，如果你一直這樣快速地奔跑，你將錯過生命中最美好的部分，因為你來不及發現它們，它們就徹底消失了！你也沒辦法好好欣賞日出，觀賞季節的變化。你將徹底失去悠閒的生活態度，你只是盲目地趕來趕去而已。你在擔心什麼呢？有什麼事得讓你這麼急？」

砰砰還在跑著，汗流浹背。

「這是時代的問題，所有人都這樣。我們得急著做很多事情，然而我們的心不在那件事情上，我們只是完成事情。當然，包括愛。我們不會投入愛情，我們只是急促地完成愛。說穿了，我們只是變成一具機械化的摩托車，以時速一百公里的速度遊走世界，所有的處事行為都只是機械化反應罷了。」

「來吧。砰砰，我教你慢下來，但是你願意慢下來嗎？」

砰砰點頭，「我這一趟已經夠累了，先讓我慢下來再說。」

「現在，砰砰，聽我的指令，把眼睛閉上，把腦海的事情都丟掉，只浮現一棵巨樹。」

砰砰眼睛閉起來，但腳還在動。

「現在想像著你就是那棵巨樹，你一動也不動，像巨樹一樣深呼吸。很好，你吸進了森林裡最精華的元素。太陽的光慢慢從你頭頂順流而下，金黃色的光慢慢地從上而下流遍你的全身，你覺得很舒服，被光流過的身體都亮亮的，呈現透明狀。你變成透明，你不存在，你的身體也消失，你忘記了一切，你不再跑了，慢慢沉靜下來。現在你投入那個靜之中，享受它，頭腦沒有任何念頭。」

依照小壁虎的指令，砰砰真的速度放緩，直到整個身體靜止下來，完全不動，小壁虎不再言語，他讓砰砰享受真正的寧靜。

十分鐘、二十分鐘、半個小時後，小壁虎輕輕呼喚砰砰：「好啦！砰砰，你可以睜開眼睛了！」

砰砰睜開眼，看著自己不動的身體，他感動得淚流滿面。

「你剛剛至少有半個小時安靜地待在原地，一動也不動。」

砰砰覺得極不可思議：「真的！那個安靜不動的是我嗎？」

小壁虎點點頭：「動是你，不動也是你；你把慣性模式拿掉，那一瞬間你就是自己的主人。」

「太深奧了！我聽不懂。」砰砰率直地說。

砰砰試著移動四肢，很好！就算是移動，也是輕輕的動作，不像原來急呼呼的樣子。

「現在，你感覺怎樣？你已經可以慢下來了！」

「嗯！剛剛那一種安靜的感覺很奇妙，好像回到了家，身心都放鬆了！那就是悠

閒嗎？」

「那不光是悠閒，那也是一種優雅與從容，你已經得到這珍貴的生命品質，要好好珍惜它。」

「沒想到我竟然能做到。」砰砰心滿意足極了。

「每一個人都能做到，當你認為你可以做到，你就能做到。當然，也許一不小心，你又忘記了，又掉落速度的快轉中，但是你可以隨時回來。你可以慢慢地加強，剛開始安靜十分鐘，然後不斷地累積，直到你完全都在那裡。」

「我能做到嗎？」砰砰很懷疑自己。

「是啊！你要有信心，你剛剛已經做到了！」小壁虎篤定地回答。

「你也可以用這種方式去愛你的妻子和你的孩子，甚至是你周遭的一切。你在愛之中，你不必趕著要去哪裡，要完成什麼。」

砰砰大笑著：「那她一定高興死了！她一直嫌我到處跑來跑去。」

小壁虎順利地幫助砰砰停下來，善良的砰砰覺得自己應該報答他。

「小壁虎，現在告訴我，你需要什麼，我來幫你完成，當作是報答你為我所做的。」

「你不需要報答我什麼。讓你靜下來的是你自己，不是我。」

「不行！你一定要接受我的報答。」真是一隻堅持的山豬，只差雙膝沒有跪下來懇求。

小壁虎想了想，有件事倒是一定要請教砰砰的。「好吧！那麼請問你，前陣子有沒有一群壁虎來到這座森林？」

那可問對人了，有沒有，砰砰最清楚，因為他一直跑來跑去。

「他們是進入了森林，但是大概森林裡龐大的噪音令他們受不了，他們一刻也不停地就沿著這條路跑走了。很多外來者很不能忍受這座森林發出的各種聲音，對我們住在裡面的動物而言卻是天籟之音。」

「是啊！我覺得也不賴，雖然一開始比較難以接受。」

小壁虎接著道：「砰砰，現在我們應該說再見了！我得追上這一群壁虎，如果我有你的速度就好了。」

「可是，我還沒報答你呢！」

「你已經報答了，你剛剛告訴我壁虎們的去向。」

「那算什麼！」

「對我來說卻是彌足珍貴，因為我的愛人很可能在裡頭。總之能遇上砰砰，真是件有意思的事，你真令人開心。」小壁虎打從心底愉悅地稱讚。

「是啊！一隻跑來跑去的山豬。」砰砰也自我解嘲。

砰砰載著小壁虎慢、慢、慢地離開噪音森林。在這種極慢的移動中，砰砰感受到前所未有的幸福。

「好美！」他瞇著眼，沉醉其中，嘴上掛著甜蜜的笑。

當一切都安靜時，噪音遠離，也抵達了森林的邊際。

他們無言地道別，慢、慢、慢地！

8

山豬砰砰用他的豬鼻子指出一條彎曲有致的山道，像音樂的線條一般，是那些壁虎們曾經走過的路徑。

小壁虎寂寞地走在道上，隨著每一個坡度起伏、上下。風吹得呼呼響，雲被吹得都散盡，小壁虎感到奇怪，這是一個沒有雲的春季，所有的雲都離開他。

其實春天已漸漸遠離，天氣熱了起來，艷陽高照，地球在發亮。

彎曲山道兩旁是灌木叢遍及的一片廣袤。前方山稜線上，跳舞的道路又不知延伸到何方？

小壁虎揣摩著那些壁虎們從逃難至今，至少已經跋涉無數公里，是一次漫長的遷徙之旅，依照他們的習性，他們應該在找一處可以容納所有壁虎的棲所，類似之前的廢棄農舍。

小壁虎應該多多注意沿途所經之處，是否有廢棄的建築或者破舊的房屋，也許他們會選擇移居那兒也說不定。

但是一路上他走來，卻都是綿延的灌木叢而已，沒有人煙，也沒有任何的動物。彷彿已走到了世界的盡頭，只剩下這一條彎曲的山道，像音樂一樣在舞蹈的線條。

如此，小壁虎只有一直往前行走，孤獨的旅程，他感受著自身的存在，腳步的邁進，呼吸的節奏。每一個步伐都很實在，所以他不覺得疲累，他越過山陵，轉過許多的彎，灌木叢已漸稀疏，原野開始遼闊，在最前方的山坳處有樹影，也有河流的聲音，還有一間泛黑的古老磚房。小壁虎提起勁，邁向前方。

過不久，小壁虎已佇站在古老磚房的門口，這房子看來腐朽不堪，應該沒有人居住，但裡頭卻傳來一陣陣痛苦的呻吟慘叫聲，令他嚇了一跳，以為發生了什麼事。是一個集體被虐待事件呢？還是遭遇了什麼災難？難道是壁虎家族被迫害了嗎？

他從門的縫隙鑽了進去，哦！天哪！這是一間動物醫院，裡頭擠著許多動物：青蛙、野貓、猴子、蝙蝠……，把整個房子都佔滿了，甚至小壁虎之前碰到的野心探險家田鼠也流落到這裡，每一個病患在床上哀哀叫個不停，聽起來很淒慘。

小壁虎一一巡視著病床，看看有沒有住著一隻壁虎。這時，醫生出現了，那是一隻烏龜。

「你是小壁虎？」烏龜認出了他。

「你是百年龜村裡的青青？」小壁虎也反問道。

烏龜點點頭，沒錯！正是青青，他的殼特別青，很好辨認。何況他們一起在百年龜村中共處一段時間，只是突然間在這種地方相見，令人感到意外。

「你是來掛號的嗎？」青青問他。

「我只是路過聽見這些叫喊聲，覺得好奇，進來一探究竟，那你怎會在這裡？」

「我是個心理治療師，聽說這一帶有許多被憂愁主宰的動物病患一直求助無門，龜毛指示我來開一間醫院，治療這些痛苦的動物們，重建他們受創的心理，好返回動物社會去。所以我就離開百年龜村來到這個荒野之間開業，沒想到前來求診的病患一下子就人滿為患，讓我忙都忙不過來。」青青一邊說著，一邊巡看著病患。

一聽到龜毛，小壁虎精神一振，他好想念龜毛。「龜毛！龜毛現在怎樣？」

「就那樣啊！還活著。」青青輕鬆答道。

青青順道提議：「你來得正好，這兩天我人手不足，稍微幫我看顧一下病患，過兩天，紅點他們就來幫忙了。」

小壁虎點頭答應，尋找壁虎家族的下落不急於一時，眼下有這麼多動物病患需要照顧，不如暫時留下來應急協助。

與其說這是間動物醫院，不如說是一個憂愁的地獄！

這裡的動物並不快樂，他們一直很憂愁，他們憂愁的主因是太以自我為中心，並且喜歡影響別人。唯有影響別人，看見對方被自己完全左右時，他們才會得到一絲「成就」的快感。

就算是「愛」，也成為他們控制別人的武器。

他們會說：「我多麼地愛你，但是你不能這樣，不能那樣。」

他們永遠要別人達到自己的要求，然後每天都在評分比較，設下許多準則，這樣才算正確的愛，那樣是錯誤的愛，他們的終極不是「愛」，而是「控制」。

他們還披著許多虛偽的外衣：某某專家、某某政治家、某某精神領袖……，因為他們想獲得更多的影響力。

於是，他們淪入算計的漩渦裡，一再計算、謀略的過程中，使他們的頭腦變得很大，他們一直想掌控所有，但自然不是他們能操控的，自然只能順從它的流動。最後當一切失控時，他們只好發瘋了。

病患常常楚楚可憐地，問著一個問題：「你愛我嗎？」

如果你說：「是啊！我愛你！」

接下來他們就會說：「那麼證明給我看。」

但任何的表現他們都不會滿意的，他們只是要掌控你的情緒，如果你被他們影響了，他們的目的得逞，便會發出偷偷的竊笑。

如果你回答：「我不愛！」

那他們一定又哭又鬧，尋死尋活，不然以自殺或自虐來逼迫你就範。

青青教小壁虎一個辦法：「如果遇到以上情況，你就開始微笑、唱歌，甚至跳舞也沒關係，你還可以講講笑話，製造輕鬆的效果。總之你愈快樂，他們的憂愁就愈無法逼近你，因為你的快樂是自覺的，是一種自由。他們無法影響你，但相反地，你可以影響他們。一如憂愁，歡笑與節目的喜樂氣氛也會產生渲染力，而它們的本質是真愛，真愛才是他們所欠缺的。」

愛並非壯烈的犧牲或嚴肅的語言，一如神性並非崇高的圖騰、遙不可及的完美慈悲——而僅僅是放鬆與分享而已。那是一種活潑的能量，它流動在彼此之間，提升了生命的品質。然後喜悅的奇蹟發生了，沒有迫害或佔有，所有的人都成為神祇，擁有了神性。當然，那種放鬆並非譁眾取寵的輕蔑搞笑。

現在，小壁虎從早到晚都在逗他們開心，他放下身段，以幽默、歡樂的方式和他們溝通。

他不需要說教，這些人比他更會說教，說教也是他們的擅長。他只要說笑話，因

為這些人從來沒笑過。

剛開始，他們還不知道怎樣牽動嘴角去笑，但不須學習，當他們懂得真正的開心，就自然會笑了。當第一個笑聲發出時，所有的笑聲都像火山一樣爆開來了，他們呵呵笑個不停。醫院擺脫了原先死氣沉沉的地獄氣氛，像是一座天堂了。

那隻四處攀登山頂的田鼠先生，笑得最大聲，他搭著小壁虎的肩膀，笑著道：「我一想到以前像個傻子一樣，一直努力地找一座山，爬上它，然後又找另一座山，我一直爬上爬下，真是好笑啊！我甚至傻到把一朵花當作一座山頂。我簡直是自找麻煩！呵——呵——呵！」

青青相當感謝小壁虎的友誼贊助，「你真是我的幸運神，幸虧你及時出現，否則我一個人真忙不過來。而且如果是一隻烏龜在搞笑，那個場面真是夠滑稽的。」

「那你更應該試試看，也許他們的病情會更快好轉。」

青青笑而不語，他打開醫院的大門，「看！是誰來了！」

小壁虎轉頭一看，是紅點他們來了，他們對他點頭微笑著。而緩緩爬在幾隻烏龜最後的，竟然是龜毛，小壁虎看見龜毛的來到，忍不住歡呼一聲，奔過去緊緊抱住他的殼。

「唉呀！親愛的龜毛，我們又見面了！你知道嗎？你一直在我的心裡，我真想念你呀！」

所有的烏龜都一起笑了，好像在歡呼著一個重逢的節日，而重逢確實值得歡呼，小壁虎也笑了，所有的動物病患一見他笑，也跟著哈哈大笑。

9

龜毛來的那一天，是夏天開始的第一天。

小壁虎把醫院的看顧工作轉交給紅點。這些烏龜們很勤奮，他們以無比的耐性細心照料這些動物病患，溫柔的關懷中包含著體貼與尊重，並未因病人患病、需要照顧而頤指氣使。

小壁虎輕鬆地陪伴龜毛到山澗小溪泡水乘涼，龜毛浸泡在水中，舒服地闔上眼睛，他突然開口問著坐在岸邊的小壁虎：「你不是有事嗎？怎麼不早早去辦呢？」

小壁虎怔了一下：「你怎會知道我有事？」

「你不是要去尋找什麼嗎？」龜毛又淡淡地補充一句。

「真不愧是未卜先知，我確實是在找我的愛人。」小壁虎將事情的經過一五一十詳實道出。

「這就是我會出現在這裡的原因，本來只要紅點他們來就行了。但第六感要我前來一趟，有人需要我指點迷津。當我看見你在醫院出現時，我心裡笑了一下：原來就是你這個小傢伙，把我找來這兒，走這一趟可是花了三天三夜功夫工夫！」

小壁虎幫龜毛的殼輕輕撥水，他笑道：「那你有什麼建議呢？」

龜毛不言語，他繼續閉上眼進入一趟靜心，山澗嘩啦濺落著，時間一時凝止不動。

然後龜毛咳了一聲嗽，慢慢張開眼睛，緩緩說道：「放下所有的指示。像是路標或是別人所說的！」

小壁虎想到了「壁虎尾巴」的指標。

「那只會讓你離得越來越遠，你以為走在一條正確的道路，但那是錯誤的。你必須用你的心去找，永恆之愛來自你的心，所以你要用心尋找。」

烏龜停頓一會，續道：「你之所以看不到天空的雲朵，是因為雲朵要你用心去尋覓，當然很好的是：你並沒有因為失去雲的預兆而垂頭喪氣，你已經成熟到可以經歷逆境，但是不要被表面的指示迷惑住了，你一直在兜圈子，事實上，真正的指示早已經出現過。」

「那真正的指示是什麼？」

「這就是你要去發現的部分，答案在你的心，它一直很清楚，可是頭腦卻只相信表面的東西，頭腦只顧相信表面的東西，別忘了——世界是一個幻象。」

小壁虎仔細思索著龜毛的話：「不要被表面所蒙蔽，所有的答案都在我的心。」

龜毛從水中站起來，慢慢地爬上岸，「走吧！你該啟程了，我也該慢慢走回百年龜村。」

他看著杵在岸邊的小壁虎，喚醒他的腳步：「過來，和我擁抱道別，我們這一回再見可真不容易，花了我三天三夜的腳程，來回就是六天六夜了。」

小壁虎上前擁抱，無邊無際的能量從龜毛身上直奔而來，那是永恆之愛的能量，如若不是永恆之愛，怎會為了他而奔波六天六夜呢！而自己的奔波不休不也是永恆之愛的化身嗎？

原來他一直沐浴在永恆之愛中，小壁虎如此信任著。

龜毛和小壁虎離開的那一天，則是夏天過去了一週。一切更有夏天的味道，氣溫明顯上升，熱氣團常常一個個地形成。

許多的飛石斜插在野草蔓延的山坡上，這是哪裡？

他從動物醫院出發後，便一路漫遊，既然所有的指標都失去了意義，那麼就不必再刻意追索任何指標，他只有無方向地前進著，是不是東方都無所謂了。

如此，小壁虎已然迷失了所有的路，他不知道身在何方，也不知道前程為何。

龜毛說的沒錯嗎？還是去找一個「壁虎尾巴」吧！他的頭腦浮現懷疑的念頭，頭腦又開始在他頭頂上嘰哩呱啦。這回小壁虎不理會頭腦，閉上眼睛進入一場靜心，頭腦的念頭消失了！他回到此刻的當下。

他繼續前進，繞行在茫茫然的山區，落了一場霧，伸手不見五指，連道路都消失了，難道真愛如此難求？他的頭腦又悄悄生起懷疑，但很快他就察覺。

他帶著一種篤定，摸索著前進，就算來了一場龍捲風，他也要看它將自己帶到哪裡。

就算世界末日，蝗蟲遮天，他也要看看自己的遭遇為何？

他的內在開始堅強起來，他的心說話了：只要我決心去愛，誰能阻止呢？就算是天，也不能阻擋一切。

那是心對永恆之愛的誓約。

相對於輕巧的承諾而言，誓約是一種絕對的堅持，人們很容易說出承諾，卻很難履行誓約。因為，人們的心太脆弱，太容易被誘惑，行動力也不夠，很難堅持到底。

小壁虎猶在迷霧中摸索，突然間所有的樹都搖動，所有的風都在吹，風將霧吹散，原來天已經全黑，在最黑的天空，所有的星星都睜開眼睛，晶亮地閃爍著。

小壁虎覺得這畫面好熟悉，似曾相識。

接著，一朵只有五片瓣的花嚶嚶哭泣，她就站在小壁虎的腳邊。

「妳怎麼會流淚？」小壁虎輕聲地問。

「因為我是你的心！我為你的遭遇感到可憐，你一直在迷路。」花朵啜泣地回答。

「不對！妳不是我的心。我明白我的心在哪裡，它沒有那麼脆弱。」小壁虎非常自信。

「別再盲目尋找了！你可以愛我！我可以給你所有的溫柔，我可以替代那個女孩，我永遠順服你的愛，我長得也很可愛，你永遠得不到她的愛，但是可以得到我的。」

淚滴掛著的五瓣花看起來楚楚動人，相當惹人憐愛，她說話的聲音輕媚嬌柔，令人無法抗拒。

「我要找尋我的真愛，就算我找不到她，也不會隨便選擇一個替代者。我愛我的壁虎女孩，而不是一朵順服、可愛的花朵。」

然後，小壁虎很快地看清楚她的動機。「妳在誘惑我，妳為什麼要這麼做？」

五瓣花枝葉顫抖，她哭得更厲害。

「我從未擁有過像你這樣深情的愛人，我要得到這種深情之愛，我要得到你。」

「可是，我不會愛妳，我不會拿對她的愛來對妳。我如果這樣做的話，那麼，我也會拿對她的愛來對所有女人，如此輕易的愛情有什麼意義，那不是真愛，那只是性欲。而妳，搶奪了這份愛是要證明什麼？」

五瓣花一聽，迅速凋零了兩瓣，她軟弱地道：「求求你，同情我。我沒有了新鮮的愛情就會死掉。」

小壁虎見她這般可憐有點於心不忍，這種利用同情的威脅手法與醫院內那些病患如出一轍。但這一回他不能猶豫，不能取悅，因為這涉及到愛情忠誠度的問題，而且他不能因同情花朵，而傷害自己的愛人。

「我同情妳不代表我愛妳，愛情與同情不能混為一談。妳必須看清楚自己的問題：為什麼沒有愛情就會死去？妳的生命之源來自於內在完整的自己，而不是一時新鮮的愛情，那只是短暫激情，只是一個浮木，過了之

後，妳又會要求新的。」
五瓣花立刻又凋零了兩瓣，僅剩最後的一瓣。
「你不可以見死不救，我就要死了！我如果因你而死，你不會有愧疚感嗎？你不會良心不安嗎？」
小壁虎不為所動：「請不要以死亡做為威脅，我若是答應妳的話，便是欺騙妳，也欺騙自己。如果妳因此而凋零的話，是妳要為自己的死亡負責，因為這是妳的選擇。」
說完，五瓣花竟然復甦了！那些凋萎的花瓣再度光采照人。
她態度輕鬆地回應：「既然我不能影響你的心，那麼我可以去影響別人——那些意志不堅定的傢伙。」
五瓣花不再理會小壁虎，小壁虎看穿五瓣花的詭計，她不是心，而是頭腦。
這時傳來一陣奇怪的吠叫聲：「汪——汪——汪！」
小壁虎循聲而至，原來是前方樹林裡一隻毛茸茸的動物被繩索縛住了，他覺得這隻動物好眼熟哩！在哪兒見過？他想起來——是在他的夢中，那個冬眠時期所做的夢！他省悟過來，原來這個夢就是龜毛所說的「真正的指示」。

他直接跳上繩索，問著毛茸茸的動物：「你叫什麼？」

之前，小壁虎還很好奇他夢中的長相，刻意記在腦海，沒想到因此而喚醒了記憶。

見到小壁虎出現，毛茸茸的動物精神一振地回答：「我是一隻被遺棄的流浪狗，我的主人叫我幸運，但我還是很不幸地被他拋棄。現在，壁虎兄弟，幫幫忙，快點放開我。」

「你知道我是壁虎？」

「是啊！我曾和你們的族群共同患難過，在一場大火中，我正好經過，還出生入死地搶救不少你的同胞。」

小壁虎趕緊解下扣住幸運狗的繩索，幸運狗頓時鬆了一口氣。

「後來呢？」小壁虎急著想知道壁虎族群發生事故後的情況。

「他們一群一起逃走了，而我繼續流浪。接著，我很倒楣地碰上一朵花，她誘惑我，說她會補償我的主人未給予的愛，我相信她了！成為她的奴隸，但很快地蜜月期一過，她就開始厭煩我。我阻止她尋找新歡，她便指使她的新愛人——一個田鼠登山家，趁我睡著時，把我綁在樹林裡。她是一個自私而自戀的花精，遇到她的人都沒好下場。」

「她是你頭腦的投射，也是你心的考驗。你只能怪自己太容易被誘惑，而那個田鼠的下場也很糟糕，他精神崩潰，住進了動物醫院。」

聽到田鼠悲慘的結局，幸運狗頓時覺得自己很幸運。

「我本來想報復她，但正如你所說的，是我自己太容易被誘惑，總有一天她會得到最終的教訓。我們走吧！我不想再待在這個傷心之地，你要去哪兒？我可以載你。」

「可是——我要去的地方得依靠我的心，不能借助任何人。」

「哪那麼囉嗦！你別介意，反正我是一隻流浪狗，我去哪兒都無所謂的。你沒有借助我什麼，我們只是幸運地湊在一起。」

「我要去尋找剛剛你所說的——那個消失的壁虎家族，我的愛人是那個家族族長的女兒，我很擔心她的下落。」

「那太好了！我知道她，她被我救出來了！我的嗅覺還留有她的氣味記憶，相信我的鼻子，它很靈的，絕對可以找到她。」

太好了！女小壁虎沒死，只要她活著，就有重逢的希望。現在，小壁虎的心告訴他：去吧！跟這隻幸運狗去吧！在冬眠的夢裡，不就是他的帶領，才終於找到自己的愛人嗎？

小壁虎點點頭，說道：「好啦！幸運，希望我們這回真的幸運！」

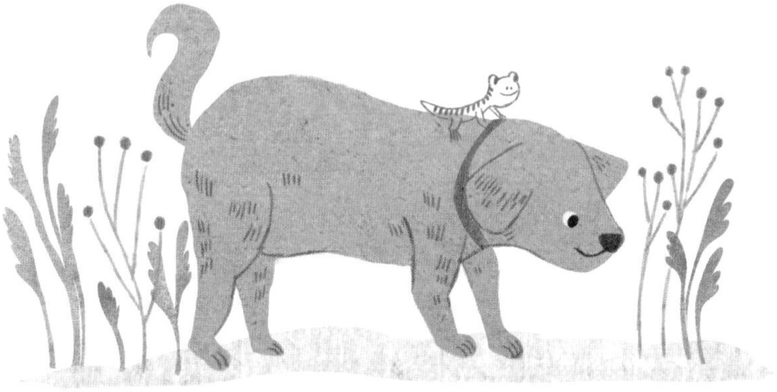

10

幸運狗載著小壁虎奔跑所有的山，他的速度還算快，但他們什麼都找不著。有時他們沉默著，只隨著起伏的山勢飄越移動。有時他們彼此鼓勵：「加油啊！好像有聞到一些氣息，也許馬上就遇見她了！」

但氣息如絲，很快就被風吹散，完全消失。

他們奇怪著，我們都快把山翻遍了，為什麼連一點壁虎的影跡都沒著落？

難道他們飄忽不定，像風一樣吹走了嗎？就算如此，也應該有一些移動的痕跡。

幸運狗試圖尋找沿途是否遺留「壁虎尾巴」的刻印，但小壁虎要他別找了。

「就算找到了記號，沿著記號一路追蹤，也是徒勞無功的。也只是一堆無意義的符號，你不會因此而有所收穫。」

他開始嘗到失望的挫折感，領略到就算有急切的心，也有不被祝福的時候：他開始明白什麼是真正的失落⋯⋯。

天空無雲，卻下了一場雨，他們慢踱在雨中，雨徹底地洗淨他們。小壁虎沒有哭，一個絕望的人是不會哭的，只會把所有的熱情封鎖住，只會變得冷漠。

但那是暫時的打擊——他曉得，那也是一個試驗。

他畢竟是一隻平凡的小壁虎，有時也會感到脆弱無力、折翅難飛的困頓。他不須每次都很堅強，偶爾也可以軟弱一下，或者求助他人，靜靜倚靠在一隻狗的身上。然後，他可以再回來，回到希望之中，回到愛的狀態，甜蜜地生活著。

小壁虎已經做好最壞的打算，他叫幸運狗載他回去野地。他累了！奔波了很久，今年夏天的太陽特別驕炙，紫外線特別強烈，他曬得太厲害，常常感到乾渴，皮褪了數次。

幸運狗很沮喪，他自嘲地道：「所謂的命名，往往正是你欠缺的部分，而不是你擁有的特質。我其實一直很不幸運，卻被取名『幸運』。」

小壁虎輕輕一笑：「那龜毛確實是有一根毛的；青青身體的殼也特別地青，他們的名字卻正是他們的特質啊！」

這一路上，幸運狗已經認識小壁虎所有的朋友，他們常常聊起這些同伴們。

「載我回去野地吧！」到了夜晚，小壁虎再次提議。

「你放棄了嗎？你的夢境不是預告——我會載你找到她嗎？」

幸運狗確實是一個好夥伴，他毫無怨言地陪伴小壁虎跋山涉水，有時餐風宿露。雖然他本來就在流浪的道途中，無所謂多出這一趟尋找任務，但他無所求的熱忱卻令人深感溫暖。

「我不是放棄，我只是接受最壞的情況。就算夢境的預言未如預期，那又怎樣？我一再強求著，一再追逐，我和田鼠沒有兩樣，他永遠在攀登一座山頂，而我在尋找她！即使找不到她，永恆之愛也一直在我心中，不曾消失。我要做的是對生命之河說是，就算它打擊我，就算我失落，我也要去慶祝——因為，**在愛的每一刻，都是無限**

的永恆。」

「在愛的每一刻，都是無限的永恆。」幸運狗重複著說道。

是的！這一場風塵僕僕的追尋，已使小壁虎更明白愛與永恆。

「所謂創造永恆之愛，無非就是一直在愛，當你不再愛了，永恆也就不存在。永恆不是一個時間的長度，它是一個宇宙。當你在愛時，你就體會宇宙的神祕之美，聽見星星的歌聲。」

說完，小壁虎停頓一會，驚訝地道：「現在，你聽見了嗎？」

幸運狗仔細傾聽，果真是一陣窸窸窣窣、細微的低語旋律，那是一首迷人而浪漫的星星之歌。

「走吧！讓我們披星戴月地走吧！」

小壁虎跳上幸運狗的背上，出發。

在浩瀚無際、一千萬顆星星閃動的穹蒼下，他們隨著星星之歌的節奏行進跳動著，直到天亮，星星的歌聲停止，驀然發現來到一處廢墟——昔日壁虎家族所住的農舍。

這時，小壁虎要幸運狗停住。「讓我下來，我想再看一看這個曾經讓我得到愛情狂喜的所在。」

小壁虎從幸運狗的身上躍下。走向農舍廢墟，目光溫柔地注視眼前荒蕪的一切：就算它被毀滅了，但感情的靈魂不會被毀滅，所有過去的歡樂都包藏在這一片廢墟裡，所有的繁華與極盛都在衰頹間駐留。

他微笑起來，一種真實的瞭解。

接著，幸運狗吠叫起來，他的微笑變得更大了！

他的愛人——那個遍尋不著的女小壁虎竟然出現在廢墟的後方。她也驚訝住了！愣了一下，然後奔向小壁虎，好像千年不變的完美結局一樣彼此擁抱著。

因為千年不變的完美結局，或許正是人們內在的真心之願。每個人都盼望著能與他（她）的所愛共創一個永恆之愛。

狗哭了！「誰說我不幸運呢！只是小壁虎忘記了夢境預言最後出現的『廢墟』場景，才是真正的重逢之處。」

而小壁虎與他的愛人則笑了，他的愛人有一雙愛眨的眼睛，亮而清澈，充滿柔情。

她輕柔地道著：「在奔逃的沿途，我一一刻下『壁虎尾巴』的記號，那是特意為你留的，我相信你一定會來找我。後來我們終於去到你居住的野地，那兒有一隻變色龍說和你住在一起，他很確信你一定會回去，我們便留在那裡生活。你一直沒回來，我想你一定是在找我。但最後我終於忍不住，獨自奔回農舍廢墟睹物思情，懷念我們的過去，我祈禱著你能出現，然後，你就真的出現了！」

小壁虎突然感到一陣造物弄人的好笑：只要沿著那些「壁虎尾巴」記號而已，不早就返回野地與她重逢了嗎？為什麼要輕信龜毛的說法繞了一大圈呢？

不對！龜毛一定有他的用意，否則何必花費六天六夜的力氣只為了愚弄他！

「答案在你的心！它一直很清楚。」龜毛曾經這麼提示。

順著心去走，「放下所有的指示，像是路標或是別人說的！」

小壁虎剎那間明白龜毛話中真義，放下不是放棄，放下是一種敞開的智慧，允許各種可能存在。放下後，他的心自然會教導他如何前進，那是他自己的道，他必須相信自己的直覺，比如「回去野地」或「夢中廢墟」其實都是心的帶領，都是一致的。而如果沒有繞這麼一圈，他又怎能體會失而復得的珍惜以及永恆之愛的內涵。

「現在，讓我們回家吧！」

他們跳到幸運狗身上，在宇宙的祝福中邁向歸途，往後的愛之旅，可能像登上山頂一樣充滿波折的箇中滋味，但心與眼睛不是放在遙遠的山頂目標，也不在另一座山，而是在行走的路上。

「愛的歷程包括了和諧與爭執，繁華與枯竭……，它有高潮，也有低迷的時候，它時常絢爛，也會遭遇平淡，而就像生命的歷程一樣，必須去經驗它，接受它，經營它。」記得嗎？那是鷹說的話。

然後，幸運狗也說了一句：「一開始的幸運不一定是幸運，真正的幸運是不放棄愛。」

〈後記〉

一場愛的行蹤

鄭栗兒

許多人對愛很迷惘，他們渴求愛、尋找愛、陷入愛，而又放棄愛。愛，無疑是存在的終極，生命的起點與終點。

愛是春天的風，夏日的星星，秋天的落葉和冬季的雨。許多人享受愛，投入愛，卻也在愛的過程中跌倒受傷。

世界上真的有所謂永恆之愛嗎？真愛都那麼難求了，更何況是永恆。永恆到了盡頭不也是斑駁歷歷、泛黃陳舊了嗎？

於是，許多人在愛中無盡追逐，也許包括我吧！我們像狂野接力賽者，一棒接一棒，奔跑在求愛的旅途中，每一個人都是努力「求愛的人」。舉目四望，我們不禁笑了，原來周圍有許許多多的同道者，密密麻麻的人潮，和我們一樣，掉落在這一場追逐裡。

在茫茫人海中，我們看得見彼此嗎？我們知道哪一個才是真正的百分之百對象嗎？而就算他是我的百分之百對象，難道我也正是他的百分百對象，也許他更喜歡長髮飄逸的女孩。

我們和朋友談論一遍又一遍的愛的話題，交換意見。然後有一天，只有換上漫不經心的冷漠，才能解決自己的情緒。

我不願當那樣的人，毫無同情心的，只要在邊緣上冷嘲熱諷的批評愛，卻完全喪失愛人的勇氣。

許多人努力求愛，我要這個或我要那個，卻只會索求而不會「去愛」。因為很多人忘記或誤解了愛，愛是自身內在的能量，愛不僅接受，也是一種付出，當你去愛的時刻，你和你的世界就發光了！

許多人只是要別人來愛我，而吝於去愛，有一天那些外求的不如預期，那麼他們只有嘆息。他們不懂，那不是愛，那是自私與佔有欲在作怪，許多人往往曲解愛與佔有欲；許多人也因自私而玩弄愛。

但是真正去愛的人不會受傷，因為愛的品質中擁有巨大的包容，你傷不了任何一個充滿愛的人。同樣的，真正去愛的人不會帶來傷害，他怎會捨得讓他的所愛受傷害呢？

「去愛」那麼難嗎？

試著看看，今天一早起床，你滿懷愛意，面對一天的種種：你發現了什麼？

一棵缺乏照料、即將枯萎的樹，你開始心生憐憫，為它鬆土，補充水，剪去枯枝，你已經在愛它了。

每一日重複升起的太陽依然照耀，但是今天的陽光並不同，你感到它的能量自頭頂注入，有一種愉悅感，就算明天或從此以後永遠不再曬太陽，你也心滿意足了，因為你已經經歷了陽光的愛。

因為自己體會了愛，轉身面對你周圍的人時，你也願意去愛他們。

當你有愛時，你便懂得知足，不再盲目尋找；當你有愛時，你便開始活在當下，享受生命。

人性可能會扭曲，但是愛不會被扭曲。

這是一場愛的行蹤，不是你要去哪裡，而是要你去愛。這即是這一次小壁虎要陪伴你去完成的人生作業。

不必徘徊，也不必猶豫，愛很自然，一切只要放輕鬆去享受愛，愛絕非沉重的責任包袱，而是人生最美的高潮。

想想看，當路上所有「求愛的人」都停止奔跑，盡情地散發內在的愛，所形成的磁場，將是一股多強大的能量，也許可以開間發電廠也說不定。

無論如何：勇敢去愛。

有一天，愛完成了，留下美的記憶。

——寫於二〇〇〇年初版之前

年分	事件
1990年初	遇上小壁虎
1991年2月	成人非童話1《閣樓小壁虎》初版、 成人非童話2《被月亮鉤掉了翅膀》初版（臺北：漢藝色研）
1991年4月	成人非童話3《癩蛤蟆王國》初版（臺北：漢藝色研）
1991年6月	成人非童話4《在海洋城市》初版（臺北：漢藝色研）
1991年12月	成人非童話5《秋天裡的愛情》初版（臺北：漢藝色研）
1994年2月	成人非童話6《囝仔國》（臺北：漢藝色研）
2000年6月	《閣樓小壁虎》再版（新・成人非童話1）、 《再見小壁虎》初版（新・成人非童話2）（臺北：漢藝色研）
2000年11月	《愛的小壁虎》初版（新・成人非童話3）、 《癩蛤蟆王國》再版（新・成人非童話4）（臺北：漢藝色研）

2001年5月	《被月亮鉤掉了翅膀》再版（新・成人非童話5）（臺北：漢藝色研）
2003年1月	「成人非童話」簡體中文版（瀋陽：春風文藝出版社） 包括：《閣樓小壁虎》、《再見小壁虎》、《愛的小壁虎》、《癩蛤蟆王國》、《被月亮鉤掉了翅膀》
2014年3月	《閣樓小壁虎》三版（臺北：有鹿文化）
2017年1月	《閣樓小壁虎》越南文版（河內：Nhã Nam, NXB Hội nhà văn）
2019年7月	《閣樓小壁虎》四版（臺中：好讀出版）
2019年8月	《再見小壁虎》二版（臺中：好讀出版）
2019年9月	《愛的小壁虎》二版（臺中：好讀出版）
2019年10月	《小壁虎三部曲》【紀念套裝版】（臺中：好讀出版）
2019年11月	《小壁虎三部曲》紀念新裝分享會

國家圖書館出版品預行編目資料

愛的小壁虎／鄭栗兒著；
.——初版——臺中市：好讀，2019.09
面；　公分，——（小宇宙；17）

ISBN 978-986-178-498-4（平裝）
863.57　　108009834

好讀出版

小宇宙 17

愛的小壁虎

填寫線上讀者回函
獲得更多好讀資訊

作　　者／鄭栗兒
繪　　者／蔡豫寧
總 編 輯／鄧茵茵
文字編輯／林泳誼
美術編輯／廖勁智
封面設計／鄭年亨
打　　字／鄧語葶
行銷企畫／劉恩綺
發 行 所／好讀出版有限公司
407 台中市西屯區工業 30 路 1 號
407 台中市西屯區大有街 13 號（編輯部）
TEL: 04-23157795 FAX: 04-23144188 http://howdo.morningstar.com.tw
（如對本書編輯或內容有意見，請來電或上網告訴我們）
法律顧問／陳思成律師

總 經 銷／知己圖書股份有限公司
106 台北市大安區辛亥路一段 30 號 9 樓
TEL: 02-23672044 ／ 23672047 FAX: 02-23635741
407 台中市西屯區工業 30 路 1 號 1 樓
TEL: 04-23595819 FAX: 04-23595493
E-mail:service@morningstar.com.tw
網路書店：http://www.morningstar.com.tw
讀者專線：04-23595819#230
郵政劃撥：15060393（知己圖書股份有限公司）

印　　刷／上好印刷股份有限公司
初　　版／西元 2019 年 9 月 15 日
定　　價／ 250 元
如有破損或裝訂錯誤，請寄回台中市 407 工業區 30 路 1 號更換（好讀倉儲部收）

Published by How Do Publishing Co., Ltd.
2019 Printed in Taiwan

ISBN 978-986-178-498-4